漂灯

宋海峰 著

长江出版传媒

长江文艺出版社

图书在版编目（CIP）数据

漂灯 / 宋海峰著. -- 武汉：长江文艺出版社，
2023.1
ISBN 978-7-5702-2618-4

Ⅰ. ①漂… Ⅱ. ①宋… Ⅲ. ①诗集－中国－当代
Ⅳ. ①I227

中国版本图书馆 CIP 数据核字（2022）第 054644 号

漂灯
PIAO DENG

责任编辑：谈　骁	责任校对：毛季慧
封面设计：祁泽娟	责任印制：邱　莉　　王光兴
内文插图：高　娜	

出版：　长江出版传媒　　长江文艺出版社

地址：武汉市雄楚大街 268 号　　　　邮编：430070

发行：长江文艺出版社

http://www.cjlap.com

印刷：武汉中科兴业印务有限公司

开本：880 毫米×1230 毫米　　1/32	印张：7.125　　插页：2 页
版次：2023 年 1 月第 1 版	2023 年 1 月第 1 次印刷
行数：3924 行	

定价：45.00 元

时光的存在证明

刘 川

与海峰相识于几年前一个诗会。东北人，出身水土一致，脾气秉性、做人处事，较多同类气味，我俩虽然交流不多，却彼此视为好友。忽然一日，海峰发来文件，给我看他的诗集，嘱以小文赘之。欣然命笔，实话实说。

海峰的诗均出于真情，有强烈的原乡感。每个诗人皆有一块"蛙皮"。美国诗人罗伯特·勃莱说：诗人应该"恪守诗的训诫，包括研究艺术、历经坎坷和保持蛙皮的湿润"。我个人理解，在这里，"蛙皮"有两种含意：第一，古老的本性、原初的品质，诗人作为人的本性以及诗人的骨子里的未被矫饰伪装的东西；第二，艺术之根在于生活经验，而诗人最重要的、最强烈的生活经验往往来自故土家乡。这样我也理解了，何以海峰作品浓墨重彩部分都在温暖的乡愁和强烈的爱。乡愁于作者已经不仅仅是取材的方便与顺手，而是一种对人生的胎盘的珍视。他说："我经常和别人描述我的故乡……江边的山冈/山冈下的小镇，小镇旁的小村庄/面对故乡我总是羞愧难当/总是在纠结中思念"。这种对家乡的羞愧感其实是尽全身也无法回报的孝子真心。他的作品里，始终有着浓郁的爱，对每一寸故园之土、每一个亲人。当岁月流逝，人生老去，村庄不再，"唯有/几朵云在蔚蓝的天空探问/那么/你是哪里的人呢？"这就是诗人对失去"蛙皮"的隐忧。而我愿意在此提醒：兄弟，故乡永在，它已浓缩成你的诗歌和文字。

诗人的第二个故乡是什么？时间。诗人越老，土地越广阔——当诗人回首,经历的一切,都是诗歌的原野,都构成了自己的存在记录。这种移动的、变形的、扩张的故乡,海峰笔下颇多。"时光的马/我小心翼翼把它捧在手掌心/深情地奉养""它的铁蹄像重锤敲打我的心脏/沿着轨迹,我/紧紧拉住那驰骋的缰",作者试图留住飞逝的时光,而"时代的风/摇醒梦中的驼铃/丁零丁零丁零……/洒落,一段段诗句/在荏苒的流年,在踟蹰的/岁月,把希望隐喻成亢奋"。这种对过往不舍的回忆也启发了新的亢奋与希望。诗人既纯情地歌唱失去,也怀着激动去憧憬。

当然,如果仅仅是对古老哲学意义上的"时间"作形而上的思考,诗歌就会空泛与说教。海峰把北大荒、建三江建设以及个人奋斗历程与行走经历,也都写了出来,这些实在的经历,使"时间"这个大而化之的框架饱满而充盈。甚至他"风花雪月"的情绪,也都寄托于不同的具体的象和故事,比如《葵花开了》中的葵花,比如《残荷》中凋落之荷,其实都是诗人人生情感于一瞬间得以转化和升华的象,这种古朴、常用的寄寓手法,并不过时,而是更加令人再三吟咏、回肠九曲。具体的象和故事,也让时间变得真切、温暖、有质感,能够把捉。

一个诗人能否写出杰作,有先天才华、生活遭遇、后天努力等诸多因素,写作,归根结底,是保留住自己的诗心,让自己活得有味道、有归属、有价值,不在滚滚忘川里与万物同逝。海峰的诗,让海峰获得了自己独有的存在感。而读他的诗集,如同翻阅他的人生履历和情感影集,这是何其美好。

感谢海峰。

刘川,中国作家协会会员,现任《诗潮》杂志主编。已出版诗集《拯救火车》《大街上》《打狗棒》《刘川诗选》等。曾获得首届徐志摩诗歌奖、2004—2005 年度人民文学奖、中国"天马"散文诗奖、2012 年中国散文诗年度大奖、第八届辽宁文学奖、中国当代诗歌奖（2017—2018）贡献奖、2014—2015《葵》·现代诗双年建设奖等。

再大的宣纸也写不下乡愁

红 雪

与宋海峰坐在一张桌子上喝酒，是几年前的秋天。他红脸膛，个子不高，言语不多，一唠扯，是我巴彦的亲老乡，自然就挨坐在一起。亲不亲家乡人，又都写诗，也就控制不住自己，多喝了两杯。海峰的脸就更红了。红脸膛的人，实交。

就这样，认识了海峰，也就留意起他的诗歌。

"一个叫刘草囤的村庄/让我这辈子无法选择。近/二十年的光阴，/播种在那块土地/泥泞路、小菜园/青草稗子、弯弯的小溪、低矮的土坯房……"（《村庄的细枝末节》）

我们都无法选择出身，又无法逃避。虽然我们的肉身已经远离了故乡，可灵魂一直在那片熟悉又陌生的土地上游荡。我们想离开，又怕离开，离开了，又想回去。这就是我们的宿命，也是一个人的精神坐标。

尽管，大学毕业的海峰已在三江平原就职、安家、写诗，可我相信他没有走远，他的心里挂着的画框，依然是那些地名、那些乳名、那些细枝末节……放眼三江平原，那是一片与我们的家乡一样神奇的土地。那片土地就像一张硕大无边的宣纸，任由插上诗歌翅膀的海峰，恣意涂抹，纵情抒怀。可，这张宣纸纵然有无限大，也写不下乡愁。因为故乡这两个字，就像种子一样，每时每刻，都在生根发芽，蓊郁成大树，流淌出大河。

"迎面仙境扑来/就在对面的池中，几百只白天鹅舞蹈/把我引向了童话，她们倚天席水/她们信这里就是舞池/她们信这里就是家乡（《白天鹅也有乡愁》）。

我确信，海峰是借白天鹅的迁徙，来抒发自己的思乡之情。我们何尝不是一只候鸟，飞腾在现实的天空。我们身在异乡，眼望扑棱棱的翅膀，仍能感知生命的浩荡，迸发春意盎然的襟抱，回到童言无忌的原乡。

"时光啊！像那一江春水向东流/春天都来了，您/满头的霜啊/为什么还是那么厚？"（《妈妈，我陪着您走》）

亲情是每个诗人绕不过的书写主题。海峰写母亲，写妹妹，写乡亲，笔墨节制，却笔笔扎心，"我用铅笔在一张纸上/为母亲，把/黑脸留白，白发涂黑"（《母亲的煤油灯》），"堂妹在日本打工三年/缝衣针带着冷血/关闭了她左眼的窗口//那只眼睛再/也没有眼泪，甚至/再也没有表情……她回家/怕看见娘/更怕/娘看见她的没有表情的眼睛"（《妹妹，那只不会流泪的眼睛》）。

海峰是抒情的高手，他找到了诗歌能够"让人心里一动、鼻子一酸"的景深，并适时按下了快门。

诗歌是语言的艺术，当然缺少不了妥帖修辞的运用。我没有能力把海峰诗归结到哪个主义上去，我只想做个读者，安适地享受那种情感的风水和思想的雷电，感受心灵和血液的快感与疼痛。

在海峰这本书里，他写"万亩大地号之秋"，写"乌苏里江情结"，写"九龙禅寺的鸟"……"它在天地间/寻觅/在寻觅一鸣惊人的豪情/或/伺机/把自己投进慈悲的香火"。每一个小辑，都有打动我的诗句，这就足够了。一个诗人写作的目的，无非是一种救赎，既为自己，也为他人。

那一次酒局，是建三江的著名诗人李一泰带队来《岁月》作客，我和几个文友受邀作陪。建三江这几年的文坛，风云际会，诗意葱茏，就像那一片秋天广袤的水稻，成色十足。海峰是那支队伍里比较出色的一位，他的作品登堂入室，四处开花，为他高兴。

我再没见到海峰，好在我们是"微友"，偶能在朋友圈和报刊上欣赏到他的作品，这就很好。其实见与不见，都无所谓了，因为我们共同有一条故乡情感的脐带，紧紧地把我们连在一起，还有纯粹的诗歌，净化着彼此的心灵，让我们在众声喧哗的世界里，安静下来钟情缪斯，接受它深情的抚摩，义无反顾地走向远方。

红雪，本名秦斧晨，出生于黑龙江省巴彦县兴隆镇宁小铺屯，现居大庆。系中国作家协会会员，《大庆日报》副主编。作品散见《人民日报》《解放军报》《解放军文艺》《诗刊》《星星》《草堂》《草原》《诗选刊》《鸭绿江》等国内百余家报刊，著有诗集《散落民间的阳光》《碑不语》、散文集《最近处是远方》和新闻集《见证》。

目　录

第一辑　温暖乡愁篇

温暖我的一脉乡愁　003

村庄老了　005

村庄的细枝末节　007

风雨雷电阴郁了我的童年　009

故乡是一种隐隐的痛　011

故乡是我的整个画卷　013

灵魂的归宿　014

老屋　016

永远割舍不掉的恋念　018

迷失的村庄，闪烁着悲悯　019

诗行，在故乡吟唱　021

风雪夜归人　022

浸湿了我回家的梦　023

那一年　024

记忆的池塘　026

老榆树　027

028 葵花开了

029 勒勒车

030 你是哪里的人

031 疼痛

032 村里的那些事

034 网事

036 今天，我与时光有约

038 向着故乡，骑上一匹快马

第二辑　荏苒光阴篇

043 时光的马

044 时光斑驳的只是容颜

046 时光煮月

047 那一段光阴

049 时光都老了

050 致我们逝去的青春

051 不减的记忆

053 等你，在秋风里

054 孤零零的心港

056 无题

058 一个个希望的酒花在燃烧

060 解惑

061 梦中的驼铃

文字，躲在角落里哭泣　063

滚烫的生命　064

真相　065

芒刺　066

有一种姿势叫倾斜　068

夏雨　069

一个梦像风筝断了线　071

第三辑　爱的曙光篇

车票　075

爱是什么　077

我就是男子汉　079

绿叶　080

很熟知，这样的心情　082

妈妈，我陪着您走　083

母亲的煤油灯　085

父亲的身影　086

像个孩子　087

母亲银发　088

你是一本书　089

你是一首诗　090

枫叶　091

是什么掏空了我的心？　092

094 想你，恰如舔着腮边的蜜

096 玻璃窗

097 抚慰身边的草木

098 妹妹，那只不会流泪的眼睛

099 一面镜子

100 另一个世界

101 火炉

102 像头难以驯服的倔驴

103 一朵花的心事

105 穿越时光的廊道

第四辑 稻花飘香篇

109 北大荒，您的天平能感知我多少

111 白天鹅也有乡愁

115 建三江，愿做您的犁钩

116 稻花飘香

117 白天鹅，给我的答案

119 莲花语

121 春光

122 寒地先锋——三江六号

123 茅屋

124 姑父

125 天气很冷

垂下低调的头　127

有雨夹雪　129

万亩大地号之秋　130

环卫工人　131

每一个稻穗——一盏灯　132

锄头　133

镰刀　134

一座"安心"的桥　135

七点四十五分的早交通　138

书香在微笑中绽放　139

高尚的女"铁牛"　141

冰凌花　143

第五辑　风吹草动篇

风的眷恋　147

春风，揪痛我的心　149

倾听小草拔节的声音　150

雪花纷飞的夜　151

叶绿素　152

五月的诗　153

风的画笔　154

花期　155

用心血浇灌一朵花　156

157　雨水诗

159　躬耕心田

160　寻找春天

162　一切来自自然

164　开荒地

165　任月光撒满我的夜空

167　我住过

168　垂钓

169　散步花中

170　一棵树

171　菜园记

173　残荷

174　晚秋

175　眼中冒着的火花

176　冻僵的诗句

177　渴望绿色

179　雪夜忏思

181　与雪有个约会

184　一个核桃的沧海桑田

186　花开的声音

187　一颗孤寂的心在月光下行走

第六辑　一路情缘篇

191　相逢是一首歌

东经与北纬的温度　193

春天的列车　195

淹城墙角的古树　196

路上，写一首诗　197

是谁拨动我心灵的琴弦　198

漂灯　199

剪一道阳光　200

列车　201

腾云驾雾的心　202

九龙禅寺的鸟　203

凌云壮志　204

泰山，我收容了你的孩子　205

起跑线　206

一路诗行　207

心脏的左右　208

回忆豁开一道血淋淋的口子　209

跋　211

第一辑

温暖乡愁篇

温暖我的一脉乡愁

故乡，连同我的根、泥土、味道，还有
我的乡音和乳名，似火激情和满腔热血
回来了

来到松花江北岸
驿马山脚下——那里是我的故乡
一个小山村，东邻五国城，讲述着
徽钦二帝坐井观天的故事
西邻萧红的园子，仿佛听见了，小姑娘琅琅的读书声
唐括部、泥庞古部、术甲部、朱洪武的运粮城———一个
饿着肚皮的少年，在那光秃秃的
古城上放猪，拿着古纹瓦打鸟

我的园子
满目颓唐、萧索、杂乱
陪我一起长大的李树，多年没人打理
恣意的枝丫在寒风中颤栗
一个个虫卵在树上筑巢，星星点点
灰灰白白的鸟屎，都在抖
吹过来的风，挽着
树上的冰雪提心吊胆，怀疑这战战兢兢的人生
但求春虫早日唤醒，春天

和我记忆的李树

就让那"砰砰"作响震撼云霄的鞭炮
剪个彩吧，我的李树镌刻着
我的名字，贮藏着我的童年
惬意地徜徉，在我的田园
再让我许个愿吧
温暖我的一脉乡愁

村庄老了

村庄老了
颓圮的院墙一天天吹落风尘
大嘴的黄牛一次次咀嚼时光
一批批亲人正在日月轮回中走失
沧桑压缩成一张张清瘦的黄纸
还挣扎在火焰的边缘

村庄老了
那缕炊烟的上空
擎着多少的负荷
腥臭的老街麻木着人们
飘动的白云是它满头的哀愁

村庄老了
张大爷挎筐了，李大娘住院了
王哥哥去了，赵弟弟没了
岁月，无情地斩落我的童年
瞬间华发现，彻夜枕难眠
冰冷的心和村庄一同老去

村庄老了
老屋、菜园

抑扬顿挫，孩子的叫声

我！敬畏生命

我！喜忧参半

我把目光投向那家的屋檐

村庄的细枝末节

一个叫刘草囤的村庄

让我这辈子无法选择。近

二十年光阴，播种那块土地

泥泞路、小菜园

青草棵子、弯弯的小溪、低矮的土坯房……

是我的守候，东南西北是我记忆的墙

合围着我驿动的心，并为我铸了一座囚笼，我多么渴望

一转身就给予我一个崭新的世界，

电视里的繁华街市多么渺茫

我站在村口，沿着田间小路祈祷

目光却被烟雾吞没，我

一次次地努力，一次次地把意志跌倒

在村口的枯草丛，黑黝黝的泥土在岁月

的轮回中吞吐着惆怅

一双双鞋底开着花朵

打发旧的时光

一头老黄牛剩下一堆

嶙峋的瘦骨，野外的蒲公英依然

乐此不疲地操练着飞翔

亲人用筋骨为我向

外面搭建一座桥
我趔趄着，怕踩伤亲人的脊梁
踩痛，我的村庄，圈养我多年
它的体味带着磁性难以剥离
那每一道田埂，纵横交错纠结
那每一缕炊烟，飘飘渺渺缠绵
它的细枝末节流着深埋地下亲人的鲜血

当我回望的时候，返回的脚步已经
不能自主

风雨雷电阴郁了我的童年

窗外下着雨，我的睡意被淋湿
这一生最怕雷电
最怕那雷电交加的童年——
飓风吹开了窗子
暴雨灌满了全屋
我的身体在屋角蜷缩，那猛烈挣扎的窗啊
大风灌得我喘不上气来
雨水疯狂地随风涌入
那是，童年的，一场噩梦

世间的风雨雷电啊
也未曾间断，曾经又疯狂又沧桑
心里依然下着雨
那般滴滴答答，滴滴答答伴着盐
滴进了伤口

躲也躲不过的，寻也寻不到的
走在一条崎岖的路
把心情融入诗行，融入风雨雷电
雨夜愁肠，内心呐喊
列车的铁轮奔腾着寻找方向
飞机的羽翼翱翔着冲向期望

用什么样的语言来暗喻
和比拟，用什么样的音调
来形容和表达？
那就让一段美妙的音乐
透过暮色和风雨

这样，心才会稍稍
有所安放

故乡是一种隐隐的痛

我经常和别人描述我的故乡
松花江北岸，大豆摇铃
稻谷飘香。江边的山冈
山冈下的小镇，小镇旁的小村庄
面对故乡我总是羞愧难当
总是在纠结中思念，于是
那思念就散落成一条条小河
浸入那片温热的土壤

金秋。
我思念故乡了，我回来了
燕子留恋故乡，它要走了
我们是同一个屋檐下的邻居
我们是同一个巢穴里的囚徒
只有它
见证老屋那一年年倍增的老茧
只有它
规规矩矩地往复着忠诚的爱

那里有一个梦
十八岁之前我就想离没离开过
十八岁之后我就想回没回去过

记忆中，不见了
路上那活蹦乱跳的小狗
一张兽皮，已经被岁月装帧成
千疮百孔的图腾，随风
抽打着历史的神经
我经常掩盖不住那
梦魇的恐慌

故乡是我的整个画卷

想故乡想故乡的小路
想故乡小路上的青涩的童年
童年被时光压缩成一张枯黄的瘦纸

恨贫穷恨贫穷的山村
恨贫穷的山村的记忆
记忆被岁月撕裂得支离破碎

眼泪
湮灭不了在心里燃亮的一盏
灯。一个迷路的孩子
怎么也看不清来时的路
怎么也找不到暗夜的光

我捧着一个个动词无助发呆
仿佛冥冥之中走向了幽暗的坟墓
我是故乡的一棵庄稼
故乡却是我的整个画卷

灵魂的归宿

我们呱呱坠地

在故乡的黑土地

第一次蹒跚学步

命运如

钩，把芸芸众生的渴望

垂钓

贪婪点燃如火如荼的征程

金戈铁马、硝烟弥漫

厮杀拼搏、血溅疆场

利益分配

是非成败

都将付之于东去的流水

乡野的谷粒

向来都是带着芒刺

然而也

向来都是慰藉伤口的代表

一副铮亮的犁铧

在秋风中虎视眈眈

像一个个词语独自惆怅

会有很多人不住地反省
和慨叹
或沉沦于无边的忧郁的海
或重重地摔打在某一磐石
或不住地寻找
寻找一个灵魂的归宿

老 屋

清晰看见，当年的人呢
与老屋一样沧桑，就如那破碎的
砖瓦，也如
脸上的伤疤，雕刻着沧海桑田

爱和恨两股血脉穿行
爱又爱不起来，恨又恨不起来
错综复杂，矛盾重重
像那屋檐飞起的茅草

母亲当年向讨债人跪下的身影，是
多么地刻骨铭心！至今
后背还放射着西伯利亚的寒流
心里还冻结着珠穆朗玛的冷冰

当年父母兄弟都拼着命地
要逃离你的怀抱。如今
他们又都在遥远的异地，在内心里
涓涓地流淌着割舍不断的纽带
大火炕、小方桌、煤油灯，仍在
然而，那童年的喧嚣却杳无音信
萧条、封闭、苦涩我记忆的

绝不是
那可亲可敬的老屋

永远割舍不掉的恋念

一个村庄的上空，依然袅袅炊烟缭绕
万家灯火，或那逝去先辈不散的魂魄
那青草拔节的声音，惊醒黄粱美梦
老黄牛阵阵的腥膻，熏染了一抹乡愁
寻觅一个少年，背着书包，蜿蜒小路
听，那铿锵有力的脚步
由远及近
转瞬，已是那远方的雁，氤氲的烟云
写进一段缱绻的诗行
山还是那山，水还是那水
怎能在梦里跨出那恍然如昨的画卷
多少故人，已如那
大黑狗、老黄牛、芦花鸡一同
淹没于尘埃之中
村东那片坟冢，不知又
增添了多少恋念？

迷失的村庄，闪烁着悲悯

席卷漫天的
北风，我站在村口
呆板地张望
那凌乱的景象，连同
我的记忆，被风
吹了一个趔趄，我的村庄
在烟雾缭绕中

老榆树的高大身形、篱笆墙
的倒影
爬山虎的花香、孩子们的
笑声在哪里？
而我的记忆，仍活在
一个被鸟儿保护的巢，被
打印在残风中
苦于没有冬青一样的筋骨
夭折在某一个暗夜——
每一粒种子渴望萌芽

通往小学的路
当年很宽，现在很窄，狭窄的
尽头多了一地残垣

朗朗的读书声深深地嵌入
龟裂的缝隙
失了音。北风吹——
一股股阴冷哽咽了我的诗行
"离离原上草，一岁一枯荣"
寥落中闪烁着悲悯

一个熟悉而陌生的身影
隐现于此

诗行，在故乡吟唱

故乡是一部诗集
走到哪里都多一份牵绊
抑扬顿挫的韵脚在心里涤荡

故乡是一棵大树
或者是儿时无法失落的记忆
在罅隙中欢笑声若隐若现

故乡是一条马路
珍藏着我那青涩的脚印
只是走出来回不去

故乡是一个恋人
一张情网牵牵绊绊
总是失去了回不来

故乡的
一屋一舍、一草一木，每一个
细枝末节，都是我生命的根
在远方的远方
交织

风雪夜归人

掩盖不住的
一种思乡情怀

这是一个怎样的夜幕
携雪同行，与风并进
还伴随复杂、交加、纠结
或者是
爷爷挂在屋檐的那一团麻线
都被鹅毛飞雪下的茅屋所隐
而现实不再隐藏

不知所措，我在门前的
雪地画着圈。寻觅一股激流的
引擎，然而
瞬间却被冰封，惟有手里的
一截枯枝，在瑟瑟发抖
在抖动着残败的年华

眼前，无限的朦胧的
白，直冲心底……

浸湿了我回家的梦

在路上
把目光放牧进璀璨的夕阳
一颗游子之心在流浪颠簸

车轮潜行，情绪亢奋
躁动着血液，缱绻着风景
万水千山一片无边的海
百舸争流，绿浪跌宕
眼角的泪珠绽放七彩的霞

那可亲可敬的山水
来自远方
那熟悉的
味道融入我诗的韵角
也浸湿了我回家的
梦

那一年

仿佛
那一年，我也死了
我的血肉，被风剥落
或，被搅拌成土肥
在大地上飞

涅槃重生的灵魂
支撑一副坚强的骨架
扭曲地成长，成长的
沟壑褶皱出斑驳
心中一片湖，劲风
摇曳

无法抚慰平生
只能劝解风尘
只能静望那裸露的月
在一片
凄惶中静待晨曦
在一夜
孤寂中收割苍凉
揽，一把萧索
在心中在梦中

还在想

我记忆懵懂的

那一年

记忆的池塘

小村庄的池塘
是我喜欢的记忆中的童年的
晚上，是飞虫和青蛙的
白天是我和伙伴的

艳阳下
一个赤裸裸的少年
铆足了力气，纵身一跃
扎进水里，像一条自由的鱼

现如今
我沿着方向寻找
没有喧闹，没有少年
没有一滴水，也
没有一声蛙鸣
往事被风干在记忆中

一个孤零零的身影
那么无奈……

老榆树

胸怀为人乘凉的
善心
在斑驳的鳞隙中
轻抚着朝阳
露珠在叶片上弹跳
每一根枝丫
都闪烁着
那美好的童年

在我走失的岁月里
一直作为我梦里的风向标
一直指引着我前进的方向
一直为我点亮一盏回家的灯
我总是想拥抱一下
抚摸一下
或者在凉爽的夏夜
坐在树底下听虫鸣

一天，它轰然倒下
我那被扯碎的伤口
从树根的年轮中
流着股股愤怒的血

葵花开了

葵花开了
我的心花就开始怒放
缘在，邂逅那遥远的山村
散步在那阡陌的路上
你笑脸相迎

葵花开了
一只只蜜蜂辛勤奔波
甜在，我也嚼到了一口口蜜糖
喜悦
从谷底一直爬到了山巅

葵花开了
开得执着而热情，豁达而奔放
开得美丽而旖旎，迷人而放荡
吹起一阵风，在花间摇摆

葵花开了
那么
你又在何方？

勒勒车

车轮在
历史的脚步中旋转
弯弯曲曲，曲曲弯弯
悠悠荡荡，荡荡悠悠
两道辙，勾勒出我殷实的童年
童年是一首歌

村东的那条小河
牛羊、青草、蓝天还有那
几只放飞的白鸽
久违的乡情，久违的景色
流淌在记忆的沟壑

紧握一条缰绳
奔跑着一匹红马
马背上还有我，还有
咯吱咯吱吟唱老腔的
勒勒车

你是哪里的人

一粒粒沉甸甸的稻谷
就像我的记忆一样丰满
在时光的隧道上，轻轻地摇曳
散落着斑驳

老屋已经消失了那
袅袅的炊烟。
茅草
和父亲的头发一样
经不起岁月的摧残，和
我的童年一样
在一阵阵风中凋零

唯有
几朵云在蔚蓝的天空探问
那么
你是哪里的人呢？

疼 痛

用脚印记录坎坷和波折
每一片土壤，总是编乱记忆
甚至，不敢顺藤摸瓜
因为生怕哪一个锋芒
刺痛了，昔日的
哪一根神经

我和往事一起
我和乡音一起
我和故乡的每一片土壤一起
有共同的血脉相连
有共同的感觉末梢
曾经共同拥有

我的脚步愈加沉重
不忍心再踩下去
因为，踩在哪里
我都会疼痛

村里的那些事

那个村

那个村子曾经很贫穷
却富裕了很多异乡游子的心

枣红马

高大威武的身躯
铁蹄，镌刻我的记忆
我几番梦中抚平
那疤痕却越来越深

泥草房

泥草房并不美丽
全村红砖大瓦房，鳞次栉比
它丑陋、另类、孤独
恨不得，早日插上翅膀

那条羊肠小道

总是编乱记忆

或是把我带入迷途
当我走出的时候
拍拍身上的灰尘

那片庄稼

总是说：明年是个好年头，庄稼不得年年种
父亲的背越来越低，债台却越来越高

网　事

"巴彦苏苏"，多么
亲切的称谓！那股暖流
一阵阵融入我的身体
企图
找到那梦里去过的
地方，是泪水阻挡了我
逡巡的路线

老屋里的煤油灯、炭火盆
还有奶奶的旱烟袋
爷爷的烧火棍儿，仍
闪烁着火花，都是我
当年的那杯苦咖啡
深淹在
记忆里

浩荡松花江在路旁，与
我一同东流。追逐
时光，走过灰色，暗流
在滚滚的
难以平抑的江水中忐忑

恍如，撞上了不堪一击的

网事

今天，我与时光有约

闲适的金鱼在吞吐，风干的兽皮在摇曳
呜咽的劲风在挑衅，枝丫的罅隙在闪烁
时光，带着斑驳、沧桑、凄怆，义无反顾地
溜走……

在风中在雨中在山中在水中
在一颦一笑、一哼一哈、一瞥一呆时
悄然地流逝……
一分一秒，一时一刻，一天天一年年
天复一天，年复一年，日月荏苒
花开花落……
亦有花开一千年，叶落一千年，花叶永不见
宛如走在曼陀罗的天堂之路。宛如落花流水
飘飘荡荡，不知彼岸

一根锐刺，总是扎痛心尖
轻轻地触碰，就会刺痛记忆和流年
流浪的人在海角在天涯，在这里在那里
在一串串脚印的包围圈里
菩提树下，一句句梵语祈祷，虔诚地朝拜
勇敢地举步，即使痛了也要向前！

故乡是弓，我是箭。从离开故乡
我就成了一个走失的孩子
总是在不知名的地方迷失回家的路
总是瞭望那晚霞西下的地方
总是看着天上的月亮发呆
总是翻江倒海着思绪
总是多了几许思念！
那里的父老乡亲都有
五谷丰登六畜兴旺的愿景
那里的山山水水沟沟坎坎
家家户户，我都熟稔
都印在我记忆的枫叶里飘零

恍惚间：老屋已经很老
风干成村里最老的土建筑
荒草挤满了庭院
苔藓爬满了墙角
玻璃挂满了岁月的泪痕
四壁蛛网乱挂，旧物狼藉
煤油灯撕开记忆的伤疤
童年被隐喻，成一条受伤的河
我把过去酿成一杯苦酒
借着夕阳小酌……

心若在，情缠绵，步蹒跚，茫然……
今天，我与时光有约

向着故乡，骑上一匹快马

是青春岁月的失去
是漂泊异乡多年
是回乡后再也看不到
是我一转身一回眸一犹豫

是锈迹斑斑的犁钩
是一座座仙逝亲人催生的思念的坟冢
是驿马山一匹金马驹的传说
是金国古城郭那断壁残垣穿越千年
是荒草丛生老鼠乱窜萧条冷落的庭院对曾经清脆的童音
是年久失修摇摇欲倒土坯垒砌的老屋对昔日袅袅的炊烟
是一杯陈酒一口老井一个池塘一条小河一片树林

是一口老钟发出的"嗡嗡"的交响乐
是儿时传出琅琅读书声
是生产队老队长哼哼哈哈骂骂咧咧
是西集冰棍巴彦冰棍五分钱一根走街串巷的叫卖
是崩玉米花机"嘭嘭"的爆破声在天空回响
是夜晚露天电影发出的武打声响联动着每一个乡亲的心脉
是咿咿呀呀的小孩子听不懂看不明的地方戏

是我儿时一串串的脚印

是逝去的青春　是逝去的年轮

是逝去的芳华

是我想忘也忘不掉，想抹也抹不掉的乡愁

是镌刻是牢记是刻骨铭心

是骨头连着筋，是亲情镶嵌

向着故乡，骑上一匹快马

驮着千钧重担

第二辑

荏苒光阴篇

时光的马

时光的马
我小心翼翼把它捧在手心
深情地奉养

我怕它！怕它如一鼎火炉
把我的肉体烤成褶皱
烤成焦炭，烤成灰烬
烤成我生命的凄怆；
我怕它！怕它如一把锋刀
把我的灵魂割成创口
割成伤疤，割成碎屑
割成我今世的忧伤；
我怕它如一把利剑
斩断我的志向；
我怕它如一杯鸩酒
毒杀我的梦想；
我怕它或者是
再或者是……

它的铁蹄像重锤敲打我的心脏
沿着轨迹，我
紧紧拉住那驰骋的缰

时光斑驳的只是容颜

时光斑驳的只是容颜
沸腾热血，浇灌了
记忆，花蕾绽放
成一个新的春天

剥落
心中的老茧，在岁月中
袒露一个泉水叮咚的流年
烧掉那蓬乱的一地的枯黄
期待，那
青葱翠绿，涂满
我的一幕垂帘

借一缕鑫风，摆我前行
渡我人生，丈量
走过的每一寸距离。我的
方舟，有一个美丽的
笑脸牵绊
行程，深邃而久远

这大地，这马路
这街灯，这繁星

洋洋洒洒，在一个蠢蠢欲动的春季
一种心情，默默地拔节
疯长……

时光煮月

任那
时光煮月
月亮在沸腾中不断地变换
阴晴圆缺，喜怒哀乐
清辉的月光托着泪珠在流淌
借着
呜咽的风，向苍天吟诵
沙哑与歇斯底里，在
山冈对面的河床
驻扎

时光煮月
月还是当年的月
光还似当年的光
然而，却衍生了多少的曲折
一个深受其害的人
用诗句的长短，探寻着
避风的港湾
并要亲手打制一把
优质的桨，因为
一颗火热的心
仍在远行

那一段光阴

拼凑琐碎的记忆汇成一条河——柳河，流淌着
喧嚣，流淌着往事，流淌着芳华，那波澜壮阔的水库，盛满
八方学子的苦涩

三十二张稚嫩的脸组合成
一片碧绿的草原，踩着那一段段光阴，牵扯
一根根藤蔓，风霜雨雪中挣扎

六十四双手共同编织，一条力量的绳索，拧成动人
的韵律，四年一千四百六十天
在那满面汗水中，申述着那一段韶华

抢喝同学的面汤，嚼口自制的咸菜
就汇成我们幸福的源泉，挽着泥巴裤，挥着锋锐的镰刀
争命运争人生，争希望争光阴，也许是怀念，也许是敷衍

球场、街道、舞厅、影院
公园、傍晚、宿舍、希望
楚想一同寄给远方
期盼，茁壮成一棵心愿树，借
八月十五月光欢聚，余留刻骨铭心

风逝的仅是脚步，时光斑驳的只是容颜

沧海一声笑！问，人生几何？梦

几时醒？北极星闪烁

共祝：就让我们的友谊

轻舞飞扬

时光都老了

时光都老了
在古老的凌乱的村庄肆虐
在老屋的窗棂上皲裂了一道道伤疤
在父亲的皱纹间肆虐
在爷爷的坟冢上长满了荒草

时光都老了
任岁月枯萎
无法打通返程的道路
苍老成了永恒的天经地义的真理
顿足捶胸之后
锤响了惊天的大鼓
把一块石头抛向云，最后
刺痛了心底，石头变成了针尖

时光都老了
突然，想——
像当年一样，躺在老屋的火炕上
静静地守望
窗外的蓝天
有
多
好！

致我们逝去的青春

青春去哪了
没有挺住
爷爷坟前的那棵老松
掠走了朝气
镂空了一脸的褶皱
吞咽了多少的
眼泪、汗水、门牙，或是
子弹

心里的伤
涵盖着、虚掩着什么
青春已经被岁月
剥落，一片一片一粒一粒
在支离破碎中陨落
哪一段音乐，或许
还能敲响我记忆的
门……

回忆是美好的
回忆也是苍凉的
就站在时光的脉络里波动

不减的记忆

不减的记忆
是经年的美好汇成那一段时光
是那丝丝眷恋在心里若流水潺潺
只想那一段岁月
岁月，在故事里发酵

不减的记忆
是春夏秋冬四季轮回的沧桑
是桃花红、杏花白、菊花黄
深情地把思念播进
黑土。只想那一方美景
花朵儿，在
窃窃私语

不减的记忆
是永远地镌刻
是在彼此脑海里挂着笑容
是躁动的血液不断地拍打着那个
哽咽的小山村
只想那一群身影——共同
跨过采蕨菜的苇塘
因为，那斑驳的水面

吟着
惆
怅

等你，在秋风里

我在人生的渡口，等你
长出翅膀
飞落在山冈
在摇摇摆摆的秋风中翘首
解开衣襟
为燥热的血液降温
让心花儿
蘸着一抹霜儿一同开放

你再不来，我就要
开始，收殓心中跌落的
那一瓣瓣花殖
即使依旧艳丽，滑腻如脂
飘落的舞姿婀娜
会如
垒石粉碎遗落人间的泪滴

你来吧，我在等你
等你，复活我的冬天

孤零零的心港

雪花落在树的高端
在眺望谁？浸在
额头，抵达心灵深处
唤醒一首动人的歌谣，一棵
小白杨独守一座孤零零的心港

有那么一处风景
就像隔着一层极薄的玻璃
欣喜触摸，却
传来隐隐的痛
和一阵阵的凉

有那么一段日子
恍然如昨，历历在目
从不曾忘记，何须冥思苦想
不经意间，却
是那般遥远

有那么一群人
同上山，同下乡
同饮酒，同醉望晚霞西下
诸多美好融入我的诗篇

蓦然回首，让
我惊出了满头
白色的忧愁

无 题

鱼缸里的鱼儿吞吐着静谧
春风里的铜铃吟唱着安宁
就如我心里搅动了一池水
瞬息也会
寂静、寥落或冷清
宛若一根风干的木头
高高矗立
在高高的地招摇
在风的指尖犹豫

挥动一把
铁锄铲掉时光里的瑕疵
纠结蓝宝石的天，那
一丝白云缭绕
把回归的雁阵拉在手里不肯放过
忽的，被光阴电了一个趔趄
喘息着鱼腥的味道
在人生拐角的一个路口徘徊

生的开始即将死的倒计时
死的结束即将悲的开篇语
我开了一块田

精耕细作
我种上了一粒粒种子
给予了多少希望?

我想：结出的果实
谁能辨清
哪些是开心快乐幸福
哪些是悲伤痛苦遗憾

一个个希望的酒花在燃烧

在血脉中掀起股股春潮
激情轻悬在弯弯的眉梢
高高地举起
酒樽，犹如
方舟上撑起了竹篙
当你一饮而尽的时候
久远的酱香，掩饰了
多少不和谐的聒噪

浸入一张张白纸，描绘
怎样的图腾
浸入一个个墓碑，传递
多少种思念
浸入孤独的心里，赶走
多少的寂寥

青葱的岁月
不忘不朽不愿不老
花样的年华
不贪不痴不癫不狂
有识之郎
不畏不惧不骄

把一根根枝叶染绿

一朵朵

希望的酒花在燃烧

解　惑

命运，不是如何决定的
知道自己脚下有个根
无论是栖息在哪条河畔
总想汲取一身的绿色

为了不经意的
感动而鼓掌，或者
歇斯底里地唱一首歌
梦中的花草、树木，美丽的
乌苏里江
似乎还在风雪中"嘎吱嘎吱"地走着
一头老马拉着木爬犁

羽翼，是否坚强健硕
理想，是否美丽鲜活
现实与梦想
有多远？

梦中的驼铃

常在人群中走失
走失的还有梦想，或者
还有散落的光阴
风，被分割得四散逃逸
呼啸着喧闹着嘈杂
被尘埃带走
童年、少年甚至是青年
都被凝固成冰冷的石头

一首铿锵的歌
哪一根五线谱，荡起
层层波澜
驿站的火车，依然鸣笛
依然撩拨着寂寥

我向身后的
脚印，深施一礼
感觉这是我最为尊敬的表达
也许会袭上心头
一些感慨、斑驳、心酸与
叹息

时代的风

摇醒梦中的驼铃

丁零丁零丁零……

洒落，一段段诗句

在荏苒的流年，在踟蹰的

岁月，把希望隐喻成亢奋

在内心的山谷

喷发

文字，躲在角落里哭泣

横竖撇捺，心灵的
金字塔
一字桥、十字路
各走各的

散落在明媚的春光里
摇曳在蒹葭上
垂钓着树根的年轮
镂雕着满脸的经年

文字在吟咏着
千百年的惆怅
文字在纠结着每一笔
每一画的历练
文字，在
历史的轨道攀爬

文字
蜷缩在角落里哭泣
我说，带着你
一起回家

滚烫的生命

快乐在我的心底酿了蜜
痛楚却莫名其妙地飞走
从你的明眸我看到了
天空、大地、高山、海洋
幸福、自由和一片
希望的田野

山巅的树，与秋风相搏
风笛在山坳坳里嘶哑
无奈，如云朵悬于枝头
它把满身的枯黄，飘飞漫天
或是，弹跳在此起彼伏的
大地的诗行里

庆幸，我的
心可以和脚步流浪
愉悦，我的
梦可以飞向远方
躯干总是
枝繁叶茂、绿意丰盈
血脉
涌动着滚烫的生命

真 相

人心隔肚皮
每个人都有一个伪装
你无法分辨
真真假假
需要时间来判断

车上坐的
都是像模像样的
谁也没钻谁的心里去看
不说谁也不知道
谁的心黑，谁的心红

有的人后背偷着出汗
有的人心碎了一地
有的人胆战心惊
单从脸上看不出来

当警察用
手铐牵出
一双颤抖的手的时候
就会露出
真相

芒 刺

当年，我们
都很年轻
一起朗朗地读书
一起走过清幽的校园
一起考试
一起落榜，一起对着夕阳惆怅
一起走向自卑，一起重读
一起走出困惑

那是我一生的美好
那也是我一生的寥落
也是我一生的低谷
我没有别的选择
没有别的机会
只是记得对于那么渺小的我
很容易化作风尘
很容易被人遗忘
我的三餐很简单
我的学费几乎没有着落
仅仅是靠着坚持和执着

靠着兄弟你的鼓励

靠着兄弟你的劝说
那一根根藤蔓上
结满了我们苦涩的芳华
得知你
英年早逝
心，挂满了芒刺

有一种姿势叫倾斜

人始终要保持一种前倾的
姿势
否则，将被
远远地抛在后面
并拉成后仰的身影

就像那匍匐前进的笔尖
用一种虔诚的"沙沙"声
倾尽腹中所有的心酸苦涩
陪伴的还有一个孤独的
月亮和满天寂寥的星河

就像农民那披荆斩棘
深深嵌入泥土的犁铧
翻卷出今生今世的澎湃
让一片荒凉的
心野从涝洼地走出

直冲云霄
大鹏展翅
云卷云舒丈量苍穹
在寂寥的蓝天遍及震慑寰宇的雕鸣

夏　雨

夏夜，有一场雨淅淅沥沥
袭来，一种贴身的凉爽
像一个湿润的你
宛若遇见那个离我最近的你
遇见浑身细腻的心怡的温柔的你
把我团团包围紧紧拥抱

跑进我的脖颈
爬进我的眼睑牵引出一滴滴冰冷的泪花
像是亲不够的样子哦
要把我完全占有，占有我的
无法升温的身体，包括占有我的
木讷和迟钝，我已经无法复活这样的夜晚
无法复活我内心的呆板
唯一的感觉是我还爱着你

这样的雨
哗啦啦没有哪一部分是孤独的
没有哪一滴雨水是寂寞的
发出了喧嚣和聒噪
像是一种海誓或山盟，在夜幕下
显得那般坚定和执着

每一个触角和口器都很灵敏
我只能用眼神咀嚼光阴

雨滴
潇潇洒洒　飘飘荡荡
一阵阵的激情从水分子里释放着
潮起潮落，雄性荷尔蒙汹涌澎湃
你就是这夏夜爱的内分泌，我感悟到

一个梦像风筝断了线

乌云。天空滚滚
摆脱不掉缭绕的阴郁
并和雨
密谋即将
打劫这个霉变的夏

布谷鸟的啼鸣
疯长成长长的马鞭
一棵棵青蒿
在劲风中驰骋着岁月
一株株碧草
在汹涌中澎湃出浮躁
一只只蚂蚁
把触角伸向云端击落一道道闪电

一个梦
像风筝断了线
……

第三辑

爱的曙光篇

车　票

一张小小的车票
从时间的这点到时间的那点
从地球的这边到地球的那边
能否赶上你的客船？

一张小小的车票
从白天到黑夜
从黑夜到白天
任，车轮飞转
任，时光荏苒
我狂奔的心啊！
何时还？

一张小小的车票
一分钟一分钟地
一公里一公里地
伸延……
快些登上——虹桥的踏板
快些挑亮——希望的灯盏
我要把你的手儿牵

一张小小的车票

一个个字迹、一滴滴泪珠
一丝丝眷恋、一行行诗篇
当我，绝望地把它撕扯成碎片
在我的眼前
忽现，你微笑的脸

爱是什么

爱是彼此不变的承诺

爱是无偿的不求回报的捐赠

爱是覆水难收的惆怅

爱是茕茕孑立、踽踽独行，那

遐想的天空

爱是孤雁单飞的寂寥

爱是相撞的酒花折射出的

一滴泪，在

觥筹交错中焦灼

爱是一种博大

鸟飞测天高，鱼跃量海阔

爱是一种狭隘

海枯石烂，岁月峥嵘

一生一世，只爱一个

爱在小溪里徜徉

爱在大山里回荡

爱在淫雨霏霏连月不开的

日子里，从内心

冉冉而起的那一轮太阳

永不沉落

在风口浪尖上，在惊涛骇浪中
在泰坦尼克号颠覆之
时，杰克和露西的生离死别
舍的是，得的也是，患难与共的还是

风，轻轻吹
云，缓缓飘
……

我就是男子汉

儿子三岁半
每天都吵着让我消灭
院子里屋檐下模样狰狞的蜘蛛
说，那是他的天敌，并且经常被
吓得瑟瑟发颤

有一天
家里只有儿子和他妈妈在家
突然，从沙发底下飞跑出一只一元硬币大小的蜘蛛
儿子先是一愣，接着勇敢地冲了上去
一脚把蜘蛛踩烂

然后脸色煞白
他妈妈问他，你不是很怕蜘蛛吗
他举起了小拳头很正经地说
爸爸不在家
我就是男子汉

绿　叶

你刚刚问世
在冰冻三尺的二月十四的情人节
就给我一个生机盎然的春天
十万八千里的天下
荡涤爽心悦目的馨风
从骨子里透着甜
在你的每一根脉络里，每一个细胞里
每一种情愫
都是我的绿水青山

你紧攥着生命的枝丫，在风中俏
你与枝丫的牵连
是哪世的情缘？历经多少的思念？
在百年千年万年后的今天，相见
一只稚嫩的小手，与
那根布满老茧的手指相牵

你的脸在暖风中绽放着灿烂
你在咿咿嘴时，吞吐着时光静好
你把我给你写的诗言
一个字一个字，一个音阶一个音阶
在晨曦中晒着幸福

在幸福中

凝聚成一股洪流

冲向时光的五线谱，撞响了

春天的琴弦

很熟知，这样的心情

夜晚，多么寂寥和忧伤
风雨声淹没了多少
呻吟或啜泣
是谁在那夜幕下的最深处
反省？

飙风在窗棂上弹射
砰！砰！砰！……
叩问着什么？
无人问津，那样恣意而无聊
无人计较，那样狂妄而苛刻

灯光映射窗外
满树枝丫
错综复杂地撕扯
盘根错节地纠缠
形如，一个诗人的眼睛
伤成了红红的网

辗转着，浑浑噩噩
游过了一条河，渡过了
黑暗，天
亮了

妈妈，我陪着您走

那一天，我拉着您的手
蹒跚地学着路儿怎么走
在我摔倒的时候
妈妈呀！是您
摸摸我的头

今天呀！您拉着我的手
趔趄地学着路儿怎么走
当您摔倒的时候
我来扶着您
笑着说：不要愁
有我的日夜守候

时光啊！像那一江春水向东流
春天都来了，您
满头的霜啊
为什么还是那么厚？
病痛的折磨，从未
开启您呻吟的口

妈妈
相信：阳光总在

风雨后

我是您的孩子，不需要

任何的理由

未来的路还有多远？莫怕

我来陪着您走

母亲的煤油灯

煤油灯眨着眼睛
熬涩了母亲的针脚
"咯噔"刺痛了她的手指
一滴殷红的血染进千层布的鞋底
盛开一朵红梅

灯火推动着光阴
呛人的油烟
熏钝了爷爷的咳声
熏黑了墙壁、父亲的酒杯
弟弟妹妹炕头上
一排小脑袋上乌黑的头发
熏污了我的书本
迷茫了我童年的梦

我用铅笔在一张纸上
为母亲，把
黑脸留白，白发涂黑
抹去衰老，留下年轻
盼着：汹涌两行泪
把她的煤油灯熄灭

父亲的身影

我在屋檐下倾听
燕子呢喃的声音
对面晃动着
弯腰驼背行动缓慢的
父亲
向我走来

心脏搭桥后
总是抑郁多虑
总是觉得大病来临
每晚用安眠药催眠
变得越来越少言寡语

母亲和我说过
父亲提起最多的是
我的小名

像个孩子

母亲跟着老宅子木窗上的
油漆一同老了
那丝丝缕缕的银发
淋着这断断续续垂暮的雨

然后，母亲进入梦中
像是在进行一场迁徙或跋涉
不记得走过人生的多少沧桑
从微微瑟缩的身体来看
她是经历了风雨
她可能在想童年时点燃的
那盏煤油灯了

她冷了，我关好窗
把一块毛毯轻轻地
盖在她的身上
看着她熟睡的样子
多像我那刚满一周岁的孩子

母亲银发

母亲的头发白了
犹如冰花触痛了我的神经
让我无法看见，一丝的
青春脉络

不知道
您在寻找什么
您的嘴里唠叨着：别老往回跑了
可是，我离开时
您追逐的脚步，并没有犹豫
您说，是风抽落了眼泪

那深浅参差的脚印
踩痛了一个
自诩"孝子"的心

你是一本书

地平线上面
已经找不到那一堆坟冢！
苍凉跟踪远方的远
远离了过去的旧
偶尔沉浮在耳畔
你离开的脚步至今未归

你那涨红如醉的脸
多少次预热我的思念
还有流淌的诗句湿润我的
眼角，却无助
昙花一现，岁月无情
遥遥叹息！背离往昔！
多么孤独！

但，我愿
把你当作一本厚重的书
慢慢地阅读
将熬尽一生的血泪

你是一首诗

拿捏过诸多韵脚
只是关于你我没读懂
你和我并非童年，你的
眸光扑朔迷离
我想圈住重点，不知从哪下笔
你是一首诗，我要
用一生来读

有雷电，有风雨，有四季轮回
日夜思虑，不如
把你腮边的泪珠拭去
走近你！走近
韵律
走进你的字里行间
要小心！不能踩痛敏感的神经

我呼喊你的声音
在那湖泊中荡着涟漪
感动！每一个音节
撩拨一堆堆篝火，照亮一个个
隐喻

枫　叶

劲风袭来
枝叶间演绎一场生离死别
那树影抖落
满地的伤痕

落叶飘零，被风挟持
一把火自眼前燃至远方

从干枯变成殷红
断魂般随劲风翻飞
像极了北方醉酒的汉子
涨红了脸

在这摇摆不定的世界
只能等待倒计时把你
撕碎

此刻，内心缔结一道新的年轮
一行行诗句顺水东流
疯长了一片寂寥

是什么掏空了我的心？

这样，对的，就是
这样，任时光消遣。
太阳，引诱花儿回眸；
月亮，魅惑情侣沉醉；
屋檐，偏袒青苔偷生；
冬天，刺痛冰层崩断。

还有
一片海，汹涌澎湃
我就着浪尖颠簸
一阵风，狂飙不止
我就着风口蹒跚
一地雪，漫无边际
印记脚窝串串
一抹烟，吞没了我
的记忆
啊！还有你，你
离开的脚步
震痛了我的
心坎，你的背影
远了，再远了，更远了
模糊了

消失了……

春夏秋冬、阴晴冷暖
花草树木、悲欢离合
敞开心扉，放牧……
后来，心就空了

想你，恰如舔着腮边的蜜

突然静下来想你
想你的时候
像是喝醉了酒，朦朦胧胧地
恍恍惚惚地，你好像就在眼前
天上的云也在逐步地散开
接着又卷起，月亮也开始忽隐忽现
那是你刚刚睡醒的眼，在眨着

你一个劲儿地飞呀飞呀
飞过了多少山脉和河床
飞过了多少名山和绿野
莫斯科郊外的晚上，风光那般旖旎
巴黎圣母院的教堂
灵魂重新洗礼
……
听一听，异国的音乐
看一看，异国的舞蹈
然后，你可能是哭了
可能是
一丝云遮住了你的脸

饕餮、贪婪、思念、异想

想着……想着……

你几时变得羞怯

你几时还?!

谁来回答，我都不知道你在哪

想着，想着你，想着

等于白想

但如舔着腮边的蜜

玻璃窗

玻璃窗，阻挡了
我行进的脚步，却拦不住
一只鸽子的放飞，以及
我向窗外撒去的无边的
思念的网

玻璃窗，映射着
我，泪眼蒙眬
却寻不见
你，微笑的目光，以及
你，一味向我
欢快的白帆

玻璃窗蕴藏着
我的深情流淌在崇山峻岭
收回思念的网
停滞欢快的帆
默默地
祈祷……

抚慰身边的草木

英年早逝。同事的
骨灰，已经
走上了冷清和孤独
妻子和孩子在流泪
已过古稀之年
老人，也
快要哭瞎了
眼睛，一颗颗心和
秋天的落叶一样，稀碎
稀碎的

这是一次没有归期的
送行，只有
那出生没多久的儿子，看
着父亲的遗像
送上一个无知的微笑

让滚动的泪滴汇成
山涧潺潺的小溪
用那偶尔叮咚的
响声，抚慰身边的草木

妹妹，那只不会流泪的眼睛

堂妹在日本打工三年
缝衣针带着冷血
关闭了她左眼的窗口

那只眼睛再
也没有眼泪，甚至
再也没有表情，或者
再挡上一副黑黑的
眼镜，尽管
另一只眼睛尽情地流泪

她回家
怕看见娘
更怕
娘看见她的没有表情的眼睛
怕娘看她眼睛时
的眼神

一面镜子

尽管面临的
是一枚炸弹和燃着的火线
席梦思鹅毛被的舒适
香米饭白面馒头的微笑
枕在唐诗宋词上，感受
心脏的跳动

一头瘦骨嶙峋的老黄牛
在心里摇晃着走过
一把同桌的铅笔刀
在记忆里划开一道痕
一只杜鹃的鸣啼
浸染了山坡上的红杜鹃
一片飘零的落叶
砸伤了一颗脆弱的心
一滴泪
吹落在父亲的叹息里

一杯酒，释放着浓烈
一饮而尽

另一个世界

活着的谁都没去过
然而，已经有
朋友去了
同事去了
同学去了
亲人去了
到底在哪
到底是个什么样
彼岸花可能有人见过
孟婆汤有谁喝过

闹得欢的
不用报名，有
一条捷径

火 炉

小时候，冬天的冷，曾是多少
北方人的噩梦，龟裂的不仅是
稚嫩的手掌，或是那青涩的韶华
北风呼啸，冰天雪地
温暖的火炉，是对春天一样的向往

气温骤降
仿佛整个世界都充斥
透骨的凉，眉梢挂着冰霜
透着丝丝的冷

晚归的雁阵托着疲惫的
翅膀，被云层层托住
风卷云涌，要揪出太阳
蒲公英坚强地挤出绿色
一个，在沧海中摆渡
一船，不知使向何方

儿子的笑声
给我送来一鼎红红的火炉
在内心深处涌起股股暖流

像头难以驯服的倔驴

铁轨嘶鸣
车身左摇右摆
像头难以驯服的倔驴

媳妇抱着刚刚一岁的儿子
爬卧铺的顶层
吭哧瘪肚地
费了很大的劲儿
把唯一的
下铺留给摔伤的我
我说我能上去
让她和孩子住下铺
十头牛也拉不回来她
这头"倔驴"！

我拖着一条病腿
一时间忘记了疼痛
躺在下铺纠结着
夜幕掩盖了一切
……

一朵花的心事

在冬天里孕育
与寒风对抗，向冰雪挑衅
从没向寒冬腊月低头
把一切的力
攥成一个小小的拳头

即使春风还带着针尖
却那般固执
把黯然神伤和满腹心事开满枝头
这又像一种暗喻
还如一种象征

放飞记忆风筝……

花海中，一枝独秀
而你，无缘赶往
今生已经成为永别
注定成为一朵花的牵挂
思念何曾了断

也许，下一个轮回
和你还会相遇

我还是一花独放的花
你还是若无其事的你
即使我们冷如冰雪

穿越时光的廊道

穿越时光的廊道
捡拾一段刻骨铭心的记忆
静静地守候，静静地等待
在春天里，在夏天里，在秋天里，等待
一场雪

像等一阵风
像等一场梦
像等一个过眼云烟
像等一个擦肩而过

一别多年
就是这样，四季轮回
一别多年
就是这样，风霜雨雪
一别多年
还依稀记得我们分手时那个冰冷的列车
那个未眠的夜晚

一别多年
各奔东西，远在千里之外
任凭着命运的捉弄

曾留下多少思念，多少心酸
又有多少无奈

我放纵自己，宛若漂流在一片无边的海洋
我控制自己，坚持不让眼泪掉下来

第四辑

稻花飘香篇

北大荒，您的天平能感知我多少

这一天，我
轻轻地撬开北大荒故乡的
那片土壤。小心翼翼地
把我的心，作为一粒种子埋进春天，我
多么期待，它长出绿草，长出
希望，散发芬芳

汗水、泪水、鲜血化作
珍珠在流淌
那就干脆匍匐、缱绻，或
静静地平躺
让我的血、我的泪、我的汗和溪水相融
让心中长出红红的眼睛
然后，嘀嗒嘀嗒的泪花，闪耀着
璀璨的光

就在这给予我生命和
营养的地方
多少个亲人长眠在，别拉洪畔的山冈
那老远，老远
就凸起的坟丘，长出了思念，长出了
河流，长出了一张迷迷茫茫的网

我随着车子，驶入
阡陌，九曲回肠，我的老屋，我的
校园，我的青春岁月
还有那坟墓下的殇
我那颤抖的灵魂，在
一棵老榆树的树梢儿上悄悄地摇响

白天鹅也有乡愁

一

为了却那不解的情缘穿越万水千山

用目光和清水洗尽铅华和尘埃

展开自由的翅膀翱翔

记忆的疤，被打印在山海关那颓坏的墙

小兴安岭的寒流抵挡不住，执着与向往

已经遥遥可期，是那故乡的影子

乡愁将不再是她惊醒的噩梦

每一根羽毛都那般纯洁和高尚

每一次跨越都那般勇敢和坚强

每一声悦耳的长鸣都是最虔诚的祷告

一年一次艰辛地长征

一生一个美丽的梦想

那宽广豪迈的黑土地呀

那日思夜梦的黑土地呀

深深地鞠躬　深深地敬礼

一颦一动显现着无处不在的善良

一草一木纠结着藕断丝连的牵肠

现如今

她可以尽情地选择

天空、湖泊、湿地、芦苇荡

可以上演一场轰轰烈烈的爱情

二

尽管天上突然乌云蔽日

我迫切的心情却无法阻挡

目标渐行渐近，心却渐近渐狂

让眼睑放大数十倍的奢望

迎面仙境扑来

就在对面的池中，几百只白天鹅舞蹈

把我引向了童话，她们倚天席水

她们信这里就是舞池

她们信这里就是家乡

毋庸置疑

她们再也听不到那恐怖的噩梦般的枪声

她们可以在夜里安稳地睡觉

黑夜不再是阴谋，虚掩不再是圈套

悲剧已经不再重演

罪恶已经关进牢房

我也不再用躲藏，它们身上溅起的血滴

更看不见那暖热的血滴冷却的凄凉

看见了看见了

看见了一双双洁白翩跹舞动的翅膀

我、白天鹅、远山、近水

在心里在梦里在诗里在画里

在泛着涟漪的水面上

突然，几只天鹅助跑飞翔

打着旋，那般的缠绵和眷恋

我居然明白了那"嘎嘎"喧嚣的语言

和依依不舍的情殇

自内心涌动着难以言表的波浪

天上，惊雷

宛若喷火的猎枪把我击成内伤

挥一挥手，拨开浓密的云

让每一片羽毛接纳每一寸光

这些春天的主角呀！吟咏的诗行

那般铿锵

豪壮！

三

天鹅湖

一个小女孩，从小热爱白天鹅

从前，每年春季都曾来过

后来，就很少来过

很少很少

很少走过那一片布满蒹葭的坡

来到天鹅湖
美丽的白天鹅啊
有谁看见一个小女孩曾经的身影
有谁看见一条红衣裙曾经的飘落
有谁听过她唱的那一首歌
有谁觅到她踩的那一个个小脚窝
比翼颉颃，舞姿婀娜
水面轻轻地荡起层层的波
谁注意过从前的那个小女孩
好久没有来过，好久好久
没有没有
没有与心爱的天使们衷情地
述说

天上白云朵朵
小女孩的欢歌笑语仿佛正从那远方轻轻地飘来
小女孩的脚步声声好像正在履行着多年的承诺
恍然如梦
哪里有那条红衣裙？
哪里有那欢愉的笑？
哪里有那刚刚走过的小脚窝？
那久久不断的嘶鸣穿过芦苇荡
迎来的仅是
一阵冷冷的冷冷的
风

建三江，愿做您的犁钩

我走在哪里
都会想着您
都会把您捧在手心
举得高高的

从地图
只能找到小小的您
我盼望：
有一天您这条卧龙
能够腾飞而起

让中国人让天下人
分句分段地读一读您
您的底蕴　风骨和
内涵，在
一个个音阶上展示着
豪迈和伟岸

您是我的骄傲
我总会安心地
做一把为您躬耕的
犁钩

稻花飘香

滚动着绿色的波浪，在
父亲的湖面荡着涟漪
每一朵稻花都在参差跳跃
在时光的脉络里摇曳

亭亭玉立的稻穗，穿着
一身的锋芒，馨香阵阵
蕴含着丰盈与圆润
那是滴在农民脸上的蜜呀！
那幸福一直滋润心田
把希望邮寄给秋天

看着一位穿红裙子的
姑娘，在绿浪中翩跹
我的笔尖，便流淌着
一句句优美的诗，并
逐步变得殷实

白天鹅，给我的答案

小时候，
茅屋边，
放眼蓝天……
问：妈妈，画册上的天鹅，
在天上怎么看不见
妈妈敞开粗门大嗓：看见
咱家院子里的大白鹅了吧
妈妈再笑着说：
天上的天鹅，飞到天上去了
我半信半疑，望着那片片白云

以后，我还会问父母
很多关于天鹅的事
时光荏苒，渐老的父母
开始问我，天鹅在哪边的天
我把父母带到城里的动物园
父母摇着头说：天鹅
怎么能在笼子里

电视上开始报道
一群白天鹅降落
父母和孩子都在疑惑

我就把她们都带到
白亮亮的水稻田
满池子，上百只的
白天鹅载歌载舞
她们的脸和天鹅一样
灿烂

莲花语

请赋予我语言
藕断丝连——我的根
牵挂着
恋人的每一条神经

族人，亭亭玉立。一个个
出淤泥而不染的身影
那都是水分子的结晶
也都
隐含各自的喜事。或者
藏匿于满池碧叶的底层

一些私密
在微风拂动的涟漪中清唱
也不知是哪一种情愫
刺痛了游子的眼泪
犹如我们的根永远
黑暗或是冰冷

蓝天。白云。飞鸟。仰望
白鸭。小鱼。水草。相守
也不想阻挡一艘船儿

自由穿行
吟一阕《一剪梅》忆清照
诵一首《采莲曲》想昌龄

万花丛中寻一朵
那是我的爱
根连着根，叶搭着叶
遐想、陶醉……
竟然，忘记了自己正日复一日
向泥潭萎谢

春　光

轻抚那徐徐春风
把生命深深地嵌入宽阔的胸襟
自山间跑来一匹白鹿，或者
一只雄鹰振翅丈量着蓝天的蓝

把温暖镶进河流、镶进山川
镶进时光的隧道
镶进擦得干干净净的玻璃窗
镶进那摇摇晃晃的菡萏
镶进牧人的马鞭
镶进一首北大荒的歌
镶进我那赤诚的一抹情怀

大地抖落一身的冷汗
皴开一幅幅绿色如诗的画
而我被暗喻其中

寒地先锋——三江六号

一粒粒米浸透了汗水，一粒粒米写满了故事，
一粒粒米历经了艰辛，一粒粒米恢宏着气势。

一粒种子完成了到一粒米的重生
一粒米完成了到一碗饭的期盼
一碗饭完成了到香气扑鼻、沁人心脾的升华
我要变成一粒小小的种子

龙粳和香稻完成了千年的相约
三江大地自此孕育出了一个新的宠儿
"优质稻谷"走出了寒冷的牢笼
稻穗嬉戏
在稻农的笑声中，在金黄的稻浪中
在一望无边的"海"

鸭、鳅走上科技的殿堂
与稻联袂起舞一个别样的人生
三江六号，恰如
科研人员头上的白发、满脸的皱纹
手掌上的老茧
那般充实

茅　屋

姑姑家那低矮的土坯房，一伸手，就摸到房梁
在火炕上，一抬头就磕到脑袋

破旧的茅屋没有压抑住
我内心闪烁的火种

离开连队多年，再回去的时候，这里早已夷为平地
冰冷的心搁浅在一片农田
那茅屋，如我成了弃子

姑　父

姑父在连队算个子高的
总是被老队长当旗杆挪来挪去

他天生粗门大嗓
喊一声，地里的荒草全都四脚朝天
减两声，地里成熟的庄稼齐刷刷地倒下
喊三声，场院里的粮堆，像气儿
吹的一样，长得和山一样高

现在，他喊不动了
再喊，也是弯腰驼背
头发稀光，豁牙露齿，佝偻气喘还一瘸一拐的
旗杆开始摇摆不定，每晃动一下，老天
就会落下眼泪

天气很冷

都已经是五月了，本来
应该很暖和了，或者说
该有个好天了。然而
天气还是很冷。是的。
若嵌入长天，阴雨绵绵
这天啊！真是精怪。
或是二十八度，或是
十八度，或是八度，把
天气和人心都闹得鸡飞
狗跳的。我不敢想象，
不敢……想象着这样维系下去
明天是几度？

这冷风啊！我的衣襟兜不住一点热度
直接
就能触摸到心里的凉度，我，颤栗着
发着抖……发着抖……
抖落出多少的无奈？或许
我们都在留恋着舌尖上的暖和
小火柴的热

更令人心凉的是

农民们望着下不去田的和已经下了田的
稻苗时，那种
复杂的失望的无助的茫然的
眼神，那是真的
透彻心扉的冷！

垂下低调的头

血汗。流淌在
建三江的年轮里
永远记载着十万转业官兵
大学生、知识青年

启动
开荒第一犁，是
那一双双稚嫩的肩
一亩地两亩地
务实的犁铧向
一千二百万亩耕地
深深地鞠躬，就像
二十四万三江子弟
垂下的
低调的
头

我们都试着
在开拓创新的风口上
在稻浪翻滚的秋，为家乡
摘取一缕缕金色

馨风摇曳着春天

的故事，掬上

一捧一捧温热的土

祝愿，那些

烈士们在地下

安

眠

有雨夹雪

站在阳台的女人
在北方。流着
伤心的泪
打湿了春天
透过窗扉，阵阵巨风
抽打着她的衣袂

呆滞的目光凝固
在时光里
怎样的心事悬在了
哀愁的枝头
只有她自己知道
或是问那
窗外随风颤抖的小鸟

天气预报——
有雨夹雪
在明早

万亩大地号之秋

观稻海
一万六千五百亩的大地号
国家现代化大农业展示的"窗口"
这是一片金色的海

稻浪翻腾着丰收的喜悦
机车唱响了丰收的欢歌
一根藤蔓上
智能浸种、测土施肥、侧身施肥、叶龄诊断
飞机航化、三减一控
硕果累累

昔日的大地号多荒凉
野兽出没，牛虻成群
地窖子、马架子、木刻楞
现如今沟相通、路相连、田成海、景如画
广袤无垠的稻田
一望无边的向往

秋天收获了金黄
我却收获了希望

环卫工人

那是谁在
公园里耕耘?
辛勤的汗水浸透了
橙色的服装
沉下去的身影向
土地深深地致敬

那粗糙的带着老茧的手指
如柔软的画笔
那般娴熟地
描绘一个开满鲜花的
春天

路边的彩旗
在馨风中
为之"啪啪啪"地鼓掌

每一个稻穗——一盏灯

改革的钵，溢
满了人们喜悦的泪
脸上绽开的花
转向你

日子奔腾。浪尖上
缭绕着朝气、馨风和
甜甜的蜜。或许早已有所指

大马力机车吞吐着
激情，每一个稻穗——一盏灯
照亮内心深处的
每一个阴暗的角落，也
指出了一条，通往
光明的路

心野里的一匹骏马
开始恣意奔驰

锄　头

拿起锄头，加入浩浩荡荡的打工队伍
广袤的田野成为我
人生档案中的一段告白

锄杆上，留下用心血镌刻的印痕
多少个血泡殷红了那一段记忆
锄板像我衰老的牙齿
越来越不锐利

我和锄头历经风雨
只是它
早已啃不动荒草

镰　刀

镰刀把我的大腿、裤脚
割出了一道道口子，我没喊疼
赶紧把伤痛隐藏暗处
如有血流下，就抓
一把黑土抿在咧着嘴的刀口上

活越来越多，我的刀也
越来越钝，后来
刀磨没了，我也离开了生产队
如今，再也找不到镰刀的影子

有时，我掏出水果刀
在大腿的伤疤处刮来刮去
我不知道
现在的血和当年带土的血
有什么区别

一座"安心"的桥

曾经站在高高的堤坝上

放飞自己；

坐在逶迤的河流旁

垂钓一份快乐；望着河流

两岸的万亩良田，想着

一碗碗香喷喷晶莹剔透的白米饭

他和鱼儿一起沿着河流走

他和芦苇荡里的小鸟一起歌唱

而如今，连降暴雨，这条河疯了！

裹挟着无边的洪水奔腾而来

站在岌岌可危的堤坝上

趟着浩浩汤汤的洪水

一个个摇摇晃晃摔倒了

再爬起来的身躯

一个个挂满泥水勇于担当的肩膀

我不知道用什么词语

来说，所有的话

被洪水吞没

他土生土长

就像脚底下生长了无数的

伸向泥土的根
牢牢地抓住那亘古不变的信仰
当洪水来临，他勇敢地站在
志愿者队伍里
堤坝上的党旗迎风招展

他总是笑
在阳光明媚的时候笑
在狂风骤雨的时候笑
在洪水危机时，他
扛着沙袋子脸上还嵌着笑
他扛着木头桩子
负重前行！第一个跳入没胸
的洪水，也没忘了回头一笑
"咔"的一声腰部扭伤
他不动声色，冲锋在前
剧烈疼痛，汗水冲洗的脸庞仍然镌刻着
勉强的笑

泥巴手抓包子
硬是默不作声咬紧牙关
感天动地，龙王觉醒
洪水为之退却
他却轰然倒下
是家庭的顶梁柱是妻子的牵挂
是医生连连的责怪

倒下的是一座山

他说，努力了就有所释然
释然每一个潮起潮落
返程，便有
一座"安心"的桥

七点四十五分的早交通

很多车辆
不断被交通一次次"梗阻"
被细嚼慢咽着
每天早上七点四十五分，大约
都在上班的路上
送孩子的车辆也穿插其中

迟到的钟声开始倒计时
几乎每个人都很浮躁
每个人都在和路较着劲
在时间里拥挤，在速度上踌躇
在情绪上纠结
在停停走走之间坚持

有些堵心的事，也许
恰如这迟滞的交通
通过的办法只要等一等总会有

书香在微笑中绽放

那轻轻的风，把
您的影子渐渐拉远，
灿烂的阳光里。锦绣山河
寥落、缄默

我们还在看
您那若隐若现的
脚印，踟蹰着向远方；
一行鸿雁
与您同行
与您一同唱响恋恋不舍
的诗行

您的微笑，蓄满了
眷恋
您的微笑，描绘着
诸多的期盼
却，没停住叹息的时光

北大荒奏响了丰收的
乐曲，也
点亮了那希望的灯。

感动缪斯，涌起洪流，

与您的微笑有关。并

与您的

墨迹——相连

高尚的女 "铁牛"

——写给梁军

当班级唯——个女学员，走进课堂
当一双年轻的双手，掌控着
"铁牛"的方向，一种神圣的
职责沸腾着，周身流淌……也
就是从那时开始，那对瘦小的肩膀
托起了黑土地的脊梁

第一个女拖拉机手的名字
被如雨的汗水浇筑，脸上
那一层层灰尘和一道道泥土
是她新的装扮
她那铁蹄神威，她那坚韧不拔
征服的不单单有荒原，还有
诸多歧视和异样的眼神

啊！广袤的原野，掀起
一阵阵稻浪，翻卷着她美好的憧憬
一粒粒稻谷，飘逸着她品质的芬芳
她用锐气、智慧、勤奋
无怨无悔地，铸就了
党和人民的粮田

风刀，为她镌刻了岁月的疤
她老了，已经风烛残年
她病了，多少人雪中送炭！
打开一面镜子，看到
她的心灵有多么高尚！犹如她
用雪亮的犁铧，为人民
拓开的那一片片黑油油"真实"的
土壤！

冰凌花

冰凌花，冬天里孕育
于故乡的山冈
期待着被阵阵馨风唤醒
怀着兴奋的心情，纠结探索
一个出人头地的日子
与早春的那轮明月对唱

透过冰雪瞭望
突破禁锢　迎接阳光
洗净满面的灰尘
抖落一身的冰霜
笑得有些惬意和豪放

每一片
花瓣都在回忆疼痛
每一簇
花蕊都在回味惆怅
每一个足迹
都在寻觅着母亲的身影
伴着滴滴答答消融的水珠
细数春天的
脚步，吟咏着
眷恋故乡的诗行

第五辑

风吹草动篇

风的眷恋

风，没有走
就站在
黑暗的一隅里窥望
任凭自己享受着孤独
伸展柔软的手臂
亲近楼宇、树木、草芥和荒芜

风，没有走
徘徊在
经常出没的地方
雪花自由自在
滑落，看着
一个个似曾相识的
背影，不离不弃咀嚼着芳华

风，没有走
体味着
什么是蒹葭苍苍
什么是空空荡荡
什么是迷迷茫茫
这贪婪饕餮的暮色啊！
把一个

身影无情地撕裂和碰撞

风，没有走
在每一时每一刻，在每一分每一秒
在街头，在小巷
在梦乡，一条河
蜿蜒旖旎地向着远方
潺潺地流淌

春风，揪痛我的心

昨天还是
三生三世十里桃花
今天就成了
猎猎寒风裹挟着沙
还带着冰冷的雪片

一波胜似一波
一阵胜似一阵
好像有一双无形的大手，紧
揪着屋顶的一片片铁皮瓦不放
揪着稻田里育秧棚薄膜不放
揪着刚刚露头的小苗不放
揪着重病卧床亲人的白发不放

看这不依不饶、死磨烂缠的
攻势，好像
非要把人的心揪痛似的！

倾听小草拔节的声音

把自己交给太阳
在一天中寻找方向
在岁月中徘徊
在雨露中迷茫
我的种子飘自天之涯
海之角

灵魂里滚动着不屈与
坚韧
在铁锄、镰刀的恐吓下
在暴风骤雨袭击后
我把低调的头
勇敢地挺一挺

只要我的
心还在跳
只要我的血还有温度
我就要发出"咔嚓咔嚓"
拔节的声音

雪花纷飞的夜

雪花叠着雪花，咀嚼风尘
窗外。微光。我
走不近，看不见
那是怎样的敷衍

夜幕为谁编着梦
微弱的灯光泛着黄
笔墨和泪水一起
兴风作浪
拍痛了躁动的心

城市，雪花飞舞
汹涌流动，已经无底线
我在诗行里逡巡
一种温度

叶绿素

采撷完达山充盈的
叶绿素
疗养疲惫的神经，寻觅
一个安身地，登攀顶峰
按住一颗纽扣，把持一股威风

忽的，身影
被旭日拉扯成弯曲的
犁铧
继续耕细那段美好的
光阴
露珠点白了头发
搁浅那跳跃的思维，在
一段岁月中呻吟
记忆清晰，一只
走失的羔羊反刍
无边的失落

诗意来得突然
泛滥成
一池莲花，而我
委身其中

五月的诗

让一个个注入魔力的
词语，唤醒
锈迹斑斑的犁钩。蹚开农人
脸上纵横的阡陌

酒樽斟满夜色和黎明
喝干疲惫和期盼
迎着泥土的芬芳，播种
一粒粒稻谷，撒了欢地
叩开春暖花开的门

诗歌的韵脚，被雨露滋润
犹如那晶莹的泪滴

风的画笔

我迎着风
艰难地行走每一步
总是走不出一个困局
已经倾尽所有所有的力量

为了目标，追求
执着，无怨无悔
在这里，在那里，在哪里？
那就和
已经返暖的春风述说

就别让这个夜晚那么安静
坚持，才能看到一些问题
勤奋，才能揭开一些谜底

拿起
五彩的墨
让风轻轻地吹
描绘着缤纷与灿烂

花 期

上一次看花的盛景，那是
在五月
佳木斯的暖阳哺育着花蕊
当时，在我的家乡还
没迎来春暖花开
我和蜜蜂都在等着花间上的蜜

天气很冷，不断淋着雨
边塞小镇，花期姗姗来迟
二十天，还存差距
然而，所有生命
都在蠢蠢欲动
不要冷藏所有的活

精神的花蕾绽放
自由地呼吸，拥有着和创造着
属于自己的那一份美
在那鲜花盛开时，把笑脸轻轻地
扬起

用心血浇灌一朵花

就这样开放着
可总有凋的时候

宁愿多付出一些
再多付出一些
任它美丽妩媚
婀娜多姿
总把它摆在心情的阳面

我静静地注目
与春风与鸟鸣一同陪伴
收纳纷飞的花瓣
再
归还于根的
底部，还有
寄予期待的心血

雨水诗

逢小雨

风起云涌，却惜水如金
下起小雨淅淅沥沥
焦渴的土地，裂开的一张张小嘴儿
争相待哺
折起雨伞，任其滋润
生怕浪费了一个雨滴

仍然，裹挟着一阵阵燥风
抽痛了我干枯的神经

盼大雨

久违了的约会
雨点形成水柱，在地上
宛若点燃了无数的香
在那溅起的水花中，能寻到
烟火的味道

雨水中

就像坐着一尊慈祥的菩萨
为农民那饥渴的眼神送来润泽
掬起一捧清凉，用它盛满
心窝

也仿佛听见
大地，"咕咚咕咚"喝水声

须晴日

看天空
像是刚刚被洗刷
蓝得透明
大地氤氲，鸟鸣啾啾，或是一种庆祝
昨日的雨
仿佛要从绿色中滴落
我走进一片稻田，心爽目悦
不想说农事

在一片片绿油油的秧苗中
我顺着叶尖摘下滴滴晶莹

躬耕心田

挥动一把铁锄
铲掉时光的斑驳
清净如蓝宝石的天
任那一丝云缭绕

把回归的雁阵
拉在手里依依不舍
忽的，被岁月触痛了
旧的疤，若
惊弓之鸟

这是在春天里
风筝也飞过了三月三
海东青冲破了一道道防线
放飞于
蓝天，完成每一个冲刺

弯下腰躬耕一亩田
拔掉所有的草多洒一些汗
撒播了一粒粒种子
等待理想早日萌芽
……

寻找春天

那是，我对春天

独有的守望。

北方五月，并没有

莺歌燕舞，鲜花烂漫

它好像睡着了

绵绵春雨过后

春天好像一下就兴奋了

朵朵不经意间向阳光发出探问

有些羞涩，忸怩或瑟缩

鸭子，步履蹒跚

摇摆出幅幅春画，在河面上泛起

层层涟漪，映衬着天空那片云朵

垂柳发芽，麻雀撩拨着

柳枝忽上忽下地荡着秋千

暖风在山坳坳里鸣笛

赋予了春天多少的意境和韵律

红杜鹃就悄悄地在江岸的山坡上爬行

婆婆丁如约而至，引诱

多少人馋涎欲滴

昨夜春雨滋润

大地湿漉漉

小草染绿了

远方
大千世界，只有我，对着
春天发呆，瞳孔里
闪耀出花香
忽然觉得，春天的脚步
带着一路风尘
惊醒我加急的马鞭

一切来自自然

蓝天和白云

他们并非同族
却能相依为命

路　面

车子尽管自己狂奔
路面潜意识地呻吟
沉重的碾压
痛来自骨子里

阳　光

普照大地，万物尽享
唯有干旱的土堆
挤不出的奶水的乳房

秋　风

狂吹着热浪

发着老虎的威风
翻着日历，诗人笑了
看你还能飘多远

空　气

来无影去无踪
却能，传递风和雨
我只想
心胸舒畅的氧气

开荒地

种一片菜园
丰盈我的生活
杂草丛生的样子
揭尽吃奶的力量

女儿临近中考
发现
还有很多未解的方程
不知那又是
多少的撂荒地

愿
打造一把锋锐的铧犁
深深地嵌入明天
一同开垦
播种，收获一片
绿荫

任月光撒满我的夜空

风儿拨动了云的
韵脚，任
月光激情跌宕。透过
月盘
怎么也看不到你的笑
你在哭在喊
看不到看不到
只是任时光一刻刻、一天天
迷失方向

近水，月落
远山被夜幕虚掩
已渐渐地除了虫鸣或几声犬吠
尽是静悄悄
月亮下面
有我的影子，你却看不见
你，还安好？

把这儿月光揉碎
把那儿吴刚盛邀
举杯痛饮桂花酒
想着你的那缕缕炊烟

蘸着的你的芬芳

哼唱一首《童年》

我住过

我吹过你吹过的风
我走过你留下的路
老屋、父亲的瓜窝棚、榆树林子
阵阵的鸟鸣，我都住过
村庄被田野拥紧
就像勒痛了我的身体
黄狗、鸡、鸭、鹅就从没
叫过疼，大咧咧地走来走去
老屋像父亲的背开始低垂
掉墙皮子，飞茅草，土坯烟囱倒向
残阳，时光已破旧，在
墙角布满灰尘的蛛网上随风蠕动
刘草囤、曹谦屯、老阴屯、光旺村、驿马山
少陵河、松花江、赵尚志，这些名字总能
温热我的回忆
我曾在这里，如羊啃草，没头没脑
不知日月
我爱我住过的地方，即使
满目疮痍

垂　钓

把头轻轻地
仰起
把目光
挂上鱼钩
垂钓
那闪光的江面
试图
照照自己

散步花中

春风染红了花蕾
一味地行走
却总也走不出遥远的思念

是一缕花香
是微风吹落的一个花瓣
是脚下曲折的小路
都是撩拨神经的琴丝

我们之间隔着黑夜和白天的距离
我每天都迷失之中
你在远方，不知
做着什么，梦中的角色
都有谁？
是否有我踩痛
你的肩膀

一棵树

一棵树，默默无语
历经夏荷、秋蝉
在山冈上伫立

一次次叶落
纠结着离别的痛楚
在一次次从年轮中
轻抚着心中的疤痕
极目远眺
把一个个梦寄向远方

任由
夕阳一次次把影子延伸；
任凭
夜幕一回回把光明泯灭
总是恣意而张扬
总是柔韧而坚强

在风雨后
在天亮的
清晨

菜园记

白　菜

长得白嫩而肥硕
却无一丁点儿的骨气

黄　瓜

总爱把腰身拉长
恰如懒猫一样
不住地伸展臂膀
打着哈欠

西红柿

与生俱来
但总也无法出人头地

豆角藤

一个藤蔓拉着一个藤蔓，一个叶片搭着一个叶片
都在团结向上而儿女多了要分心

萝　卜

丑陋的外表
裹着美丽的心灵

红辣椒

让人鼻涕一把泪一把的
心里却涌上一股暖流

玉米棒子

沾满泥巴滚来滚去
如我也在历经风雨

残　荷

荷被众目睽睽击落于
冷风习习的冰霜
挺着秃枝为秋天的《跋》
落下最后的牵挂
香消玉殒
赤裸裸地交付给冬眠

无奈在冷风中徘徊
没有
虫鸣、蛙扰及游人的喧嚣
或是，昔日的哪对情人滴落的
眼泪，在凋敝的荷叶上
风干

任北风唱
一首挽歌
悲壮地等待，伏在
一首诗中

晚　秋

五颜六色的花儿
吐着芳菲，轰轰烈烈
争奇斗艳
活蹦乱跳，虫儿
在尽情表演，在歇斯底里地
尖叫嘶鸣

然而，谁
都躲不过秋风推进的
脚步！即使，它们还在
坚持藐视，甚至！藐视
一场零度以下的死亡

就像，要忘掉自己的明天

眼中冒着的火花

或许，一缕缕寒凉从你看过的
雨雪中侵袭而来。从那朦胧的
纤体水线看不见你的眼神，飘逸的雪花中闪现
车轮溅起的碎屑，还有隐隐的
阵痛

这寒凉的寒冷的即将带来一场寒流
这无情的孤独的即将传递一股寒流
这寒流寒流寒流
挡不住内心燃烧着的火
冷冻不了
苦涩的回忆

把内心的火把燃旺
要烧断这些雨丝要炙烤这些雪沫
要烘干氤氲要烤出太阳
劲风恣意，个性的躁动的无聊的
心情无法中立
多大的雨雪，能湮灭我
眼中冒着的火花

冻僵的诗句

看那飘飞的雪花，一次次
抚慰着，秃枝上几片牵扯的
泛白的枯叶
那渐行渐远的秋，再也无法挽留
就如，刚刚
松开的那双恋恋不舍的手
温度尚存

慢慢舒展，白色
一切都在接受一场崭新的洗礼
楼宇、公路、大地、远山，或者
还有一颗驿动的心

也许是躲在一隅讲述着人间的
秘密。小鸟隐匿
天空，一根羽毛早已没了骨气
终究，被沉重压在地平线下

静观，让雪掩盖一切，有
无尽的思念，也有我那
已经冻僵的诗句

渴望绿色

种了一块菜园
一锹土，一棵苗，一抹绿
寻觅一段失去的记忆

父母如何锄草，爷爷如何捉菜青虫
叔叔遇到了会歌唱的蝈蝈
装进麦秸笼，挂在黄瓜架上
吃饱了角瓜花
顶着烈日扯脖子吼

顶花带刺的黄瓜，红得诱人的西红柿
不用水洗，只要搓巴几下
就入口

黄瓜架下，有七日七牛郎会
织女鹊桥上的悄悄话
小时候没撒过谎，但尿过炕

小菜园后管理，哪一项我都那样熟悉
陌生的是再也看不到爷爷操劳的身影
父母像秋草一样枯萎　凋零

老园子，一把锄杠腐烂而断
像母亲断裂的脚趾，父亲脆弱的心脏
心底泛起阵阵疼痛及对绿的
渴望

雪夜忖思

雪花纷飞，安慰旅人的行程
霓虹闪烁，预热天地的温情
夜幕下，我走着
我忘记了，忘记了是哪一天

是哪一天
从哪条路到哪条路
从哪个路口拐向哪个路口
走着走着就上路了
走着走着就迷路了
路！
在哪一个尽头，在哪一个出口
要延伸向哪一方雪野
我如何安放我这游荡的灵魂

是那远方的小山村吗
是那个叫刘草囤的地方
是那条我刚刚蹒跚学步的马路吗
走出来一步一回头深望的路
走出来想回再也走不回的路
再也摇不响老屋那悦耳的风铃

我采摘几片雪花

把它当作种子播在我的心里

闭上眼

任，风问眉梢，雪湿脖颈

遐想着

天，亮了，雪，化了

闪现春暖花开枝繁叶茂

与雪有个约会

一

在童话里述说
精灵，六瓣的
边塞雪

它坚硬、执着、飘逸而肆无忌惮
那是来自西伯利亚的任性
是额尔古纳河右岸的呼啸或
盘踞在千年古城上演一番
宛若古战场的硝烟弥漫

它幽怨、缠绵、矜持而含情脉脉
一瓣瓣，一簇簇，落入火热的心里
然后，冰川都化了
流淌出一股股暖流
那是一位美丽的姑娘
魔鬼般的身材与幻影
相约要演绎一段刻骨铭心的
穿越时空的
爱情

二

是谁？把这儿铺展一席的雪白
那晶莹的碎玉漫山
冬日的那谄媚的雪啊！
是编排成逶迤的
瓦奇卡河、别拉洪河
挠力河、乌苏里江
仿佛向春天张开了笑口

今日的平原雪啊！
蓦然，大地上升腾起那么多美丽的城堡
高大的粮仓
锦绣的画卷由远及近，交响乐
涌起阵阵离潮

三

雪野
落脚的瞬即
轻了重了的感受
一串串的脚印，在背后
向人生，发出
多少的质问

雪野

在唏嘘之间自嘴里迸发出放纵

口无遮拦地呐喊都被

呼啸的北风吞噬

裹挟的雪粒

渐渐地把身后那深深浅浅的沟壑抹平

雪野

唯独留下狂飙后如牛的喘

稍后，内心便搁浅在那

辽阔、豁达和美丽之地

一个核桃的沧海桑田

在千千万万个
赤红的花蕊中驿动春天
在花枝乱颤中剥落岁月
在妩媚妖娆中孕育朝露
蠢蠢欲动就在一个季节里
萌芽一个生机勃勃的宏愿

历经风雨
一颗果实脱颖而出
告别了娘
驾着风，与日月驰骋
自此，注定定格在一个新的脉络里

不知何时，来自
一个手掌温暖的
股股洪流在凸凹不平里
桀骜不驯于
阡陌纵横
奔腾、咆哮

或许是诗人眼里的韵角，或许是明奇巧人王叔远
鬼斧神工精雕细琢的新装，或许是仙人抵御百鬼的魔咒

或许是在静夜思、将进酒、满江红
那静与动的旋律中感动

抚摸着沟壑
感悟着执着
擎起那担当的脊骨
突然，发现
它多像我那充满活力的心脏

花开的声音

我注目，眼前的花草
夜影摇曳，星光泛滥
……

一株株一簇簇迟滞呆板或衰败
一片片叶子下面依附着什么样的真理
千头万绪的根，延伸着叹惋
叶脉里也没有上进的血目录
被风摧残的伤口挂着
一滴慵懒的泪珠
萌发新的枝丫，是
一种梦寐以求的渴望

在人生的脆弱点扶上一把
鼓足破土而出的勇气
透着无法比拟的
颤颤巍巍的背影
仿佛嗫嚅着什么
什么时候能听见花开的
声音？

一颗孤寂的心在月光下行走

婆娑的树叶，跳跃的绿色
一夜间，在时光中走失
一片片干枯，坠落成
一个凄冷的秋天
即将成为那若有若无的废墟

汽车、楼房都瑟缩着
行人更是抱成一团
飞鸟不知在哪一个黑暗的角落缄默
秋虫的嘴巴或者早已冻僵
进站的火车，发出振聋发聩的嘶鸣

落叶是唯物的
那蹒跚的影子却是唯心的神秘的诡异的
就像一个没有脚的披肩散发的幽灵
摇摇晃晃，虚无缥缈

看见那千疮百孔的
满天飘零的黄叶
我的心
也跟着秋天颤抖起来
一颗孤寂的心
在月光下行走

第六辑

一路情缘篇

相逢是一首歌

石头和佛珠在一起
碰撞出两个不同的祈愿
各说各的，"咯吱咯吱"呓语
喋喋不休

日子和幸福在一起
摩擦出多少的火花或灰尘
各飘各的，或者
就如水面的荷
藕断丝连

激情涌动的昔日和
平淡如水的今天在一起
老照片和新照片在一起
青丝和白发在一起
你和我，我和你在一起
在一起，在一起
叠加出多少的山峰
……

用音节拼凑着燃料
每一句诗词在升温

任臆想铺向远方
打造一根鱼钩，垂钓
跌落水里的歌谣

东经与北纬的温度

把精神和灵魂交付

给大西南的山岭

在黔川大地，延绵不绝的喀斯特地貌

是我眼前生动的画卷——

有我仰慕的青山，有我垂爱的绿水

我涌上山梁，把自己弯成弓，把梦装上箭

射向苍穹，成为一种徘徊一种流连

一种坚守

万峰林汇成无边的汹涌

布衣姑娘，玉指轻挥，悦耳动听；

黄果树瀑布闻名遐迩

飞流直下，碧水闪烁，水花绽放；

樟江孕育着美丽的气质，七孔桥，恐怖峡，天门坳……

如一株株奇葩，被那盘根错节的藤蔓牵扯

我站在历史的舞台

成了主角，伴着

黔山贵水古老传说；

我融进春天的

诗行，踏着

银色梯田驿动

如坐标在探索着东经的宽度

与北纬的长度，视觉的角度

精神的高度，我很幸福，在祖国的怀抱

暖暖的温度，轻而易举地把

我的眼睛，炼出

回望的泪光

春天的列车

把一个个旅人的心
带给天上的云
满目被春风扒开的大地
绽露褶皱的沟壑
一缕缕炊烟袅袅升起
舒展开一句句探问

车外，欣欣向荣为我的
眼睛点亮一盏灯
有绿叶，有花朵
有蓝天，有白云，有溪水
有春风吹开的笑脸……
都像
心里长出的草

挥舞着
一组组生机勃勃的动词
惊醒了一阵阵春雷
蠢蠢欲动着剥开旧的伤疤

淹城墙角的古树

淹城墙角的
古树。我
在历史的
书页中，寻找它的影子
金戈铁马，硝烟弥漫
我触碰了一滴仇恨的眼泪

在和煦春光中敷衍
行人的笑脸
千百年来坚守或者
为了某种承诺
坟墩里的先人
把嘴闭得很紧

那烂洞或裂痕
陈述着
历史的凄怆

路上，写一首诗

是谁在我的心里栽满荆棘
是谁让我带着荒凉上路
是谁赋予我悲凄
一丝丝的痛编织着一张跳不出去的
永远牵挂的网

蓄积激情无限
燃烧，燃烧，至我的心野
等待，等待，春暖花开
我把一首歌的调子喊得很高
我写一首诗夯实我的决心

已经在路上
拥有一把剪断疼痛的刀
我寻找

是谁拨动我心灵的琴弦

就在那一瞬
时钟的指针不止
我耕耘的脚步，没留下
一丁点儿的痕迹
唯有心中的惴惴不安与那
被冷冻的月

从南到北，从北到南
一对铁轨转移另一对铁轨
一个牵绊牵着另一个牵绊
一个个愿景在古藤上攀爬
历史的车轮碾压出多少的惊诧
时代的脚步揣度出多少的憧憬
没有回头路，踯躅地开拓心野那
九百六十万平方公里的土地

肆无忌惮坚韧不拔
寻觅花香鸟语
走出冰山雪岭
一缕阳光，眷顾我的家乡
心灵的琴弦，颤抖的音调
笃定北方

漂　灯

星空下，每一个罅隙里
一个个梦在堤岸上扎根
风雨叠加，乌云翻滚
踩着泥泞，艰难跋涉
我只能保持缄默
旅途颠沛流离
伤痛自每一根神经发起
只能抓住岁月的藤条
昂起倔强的头
一盏漂灯，流动在
心海，永远指引着前进的方向
虚构的世界
飘渺的臆想
那盏灯永远为我
闪着光

剪一道阳光

洒入绿意盎然的椰林
或，无边无际的海

散步。
戏水。
游荡。
我把自己投入自然
把快乐放飞天涯

好多地方我没去
皆是因为怕触痛我
敏感的神经

因为此时，我的心早已不在
早已
走进北方以北一个美丽的童话

列　车

这趟列车，多么熟稔
每一城每一站还有
那一行大雁飞翔的地方
都能清晰地点数脉络
经常从这里出发

列车的汽笛已启动
亲爱的人呀！
我要去远行
要找个地方安放
我这个已经结痂的疤

铁轨撕裂出
"嘎达嘎达"声，纠结着我的不安的心情
恰如窗外不休的细雨
我就要离开
你的身影，你的
春天如画
内心一团火复杂地燃烧
卧铺，我只能侧着身
整个世界淹没于一股热潮

腾云驾雾的心

一声轰鸣
天上的飞机和我，在
晚霞披挂的云层，在
目标、方向，在
奔向一个充满故事的
城郭。要
在天黑之前赶路
错综复杂，惴惴不安
腾云驾雾的心，在

我要用冰凉的水冲醒我的
舌头，为我的六十度血液
降温，为瞌睡虫
警醒，让我享受更快乐的飞
哦！真是的！真是的！我
两肩磐石如负，我要飞翔
飞跃一个新的
制高点

我就要踩着余晖登陆，尝试
更远的征途

九龙禅寺的鸟

一只小鸟保持一种
飞行的姿势
它在品味着人间的
温度

小鸟在
脖颈上
挎着一本经书
一声啾啾，放生了一条
嘴角的鱼

它在天地间
寻觅
在寻觅一鸣惊人的豪情
或
伺机
把自己投进慈悲的香火

凌云壮志

飞机轰鸣
机身拔地而起
如脱弓之箭
梦开始飞翔

陆地逐步缩小
在云端
飘动
看云海看太阳看蔚蓝的天

万米高空
高不过凌云壮志

泰山，我收容了你的孩子

泰山脚下
我眼中的山水，你眸中的深情
我在你的脚下，仰望不到
你的笑容
我收容一块你身上的石头
就像你走失多年的孩子
每一道龟裂的纹路浸着你的血

阻塞的日兰高速
我若一条小小的蠕虫
慢慢地爬行，是我的石头你的孩子对你的
徘徊　回望　留恋
你高大的身躯俯视我的渺小
你奔涌出一条河流，挽留
你成千上万个
迷路孩子之一

隐居的玉皇也无奈你的喜悲
秦皇汉武的足迹消失山林
你求仙求神求天求地
你求求我为你留点尊严
非要挤出那诚实的眼泪
温暖这分别的痛

起跑线

一颗颗驿动的心
在铁轨上颠簸震动
一个城市走向另一个城市
一个文明移向另一个文明
昨天的和今天的不同
有心情也各有风景

每个站点都掐指数过
每一场雨淋在玻璃窗上也惊讶过
每一段路都是我睡过的土地
每一觉的鼾声都会掀起
一阵风，飘向远方的梦

在同一起跑线上
铆足力量，努力地
拼搏……

一路诗行

让诗词舞蹈于乐曲的五线谱
让韵律交融于江山的起伏
我写的每一个字，像一只只眼睛
锃光瓦亮，亦如
飞机上的每一把座椅
每一把座椅上的忐忑

飞机是静止的鸦雀无声
诗词是流动的汹涌澎湃
箭，飞向万米深蓝
酸甜苦辣烹调在宇宙之中

飞机轰鸣
内心掀起翻江倒海的巨浪
气贯长虹
诗的韵脚与云的边缘颉颃
无限放飞心中的白鸽

诗在路上，我很释然
我期待我那时光的犁呀！
早日犁出满地的春绿
犁掉我心头的荒草

心脏的左右

我们之间总是保持一定的距离
每天默不作声，低头走路
我们曾经擦肩而过
我向右让出了心脏靠左的地方，或
向左让出了心脏靠右的地方
开始渐行渐远
自某天之后，我再也没看见那身影
心脏的左右，开始
荒凉

回忆豁开一道血淋淋的口子

回忆豁开一道血淋淋的口子
从不将之束之高阁，我
常把禁锢的镣铐挣脱
常油然而生
惴惴不安
……

那仿佛是一樽什么样的苦酒
曾经上学没学费四处求爷爷告奶奶的感受
曾经就业无门那捉襟见肘的窘迫
……

曾经的心脏布满了疮口
不就是为了活着，为了更好地活着吗
不就是为了爬出地垄沟走出泥泞路吗
在一个绝望又一个绝望中踌躇
多少孤苦伶仃
多少如芒在背

我常把文学奉为我的信仰
或许为了寻觅一处避风的港
让我在行走中

学会善良和宽容、坚韧、执着
学会原谅那些死后需要超度的人

往事喁喁私语
抨击我的沉湎
正视以往的消极
在精神高地
开拓一片新的绿洲

跋

独自走在夏日凉爽的夜，微风轻抚着我平静的心湖，星星打捞着月亮，就这样安静地行走在垂柳下那岁月的斑驳中，每一步都走出对土地的缠绵和依恋，就想这样无人叨扰，一直走下去，踏着月光，走上星河，走进虚幻……

春天的花，夏夜的风，秋天的月，冬天的雪，都一股脑似的塞满记忆的江河，丝丝缕缕的情结七上八下地分蘖，潜滋暗长成故乡那袅袅炊烟。

在人生的十字路口，在颠沛流离的旅程，痛饮一杯杯岁月的酒，沧桑中时光被风干成一张张瘦纸，年轮被装帧成一串串动人心弦的故事。

我常常在迷茫中徘徊，在悲悯中踌躇，在伤痛中挣扎，在失落中慨叹，在浑浑噩噩中寻找一份清醒、一份纯粹、一份洁白，或许也有诸多无奈，那就敲打键盘，搜索震慑灵魂的纯情吧！

我不再孤单，我不再寂寞，我不再在细雨中吸纳潮凉。我选择一段岁月，一段岁月中的每一根藤蔓，缔结着我汗水的结晶，我会快乐地耕耘和播种，我的每一根神经都会躁动或者不安，我的整个世界里充盈着碧绿和青葱。我的喜怒哀乐，春华秋实，我的苦乐年华，我多像一只醉了酒的蝴蝶。

万丈高楼起于垒土。不经意间，时光飞逝，汗水早已湿透衣背，采撷一些得意的文字，堆砌我的精神高原。

就让我栉风沐雨放纵一下吧！就让我提笔不羁一下吧！就让我在文字的堡垒中冲锋一下吧！

或者酣畅淋漓，或者气喘吁吁，或者怅然若失，或者痛哭流涕，或者犹如平静的水面惊起一滩鸥鹭，或者一道斜阳铺水中，半江瑟瑟半江红，所有的聒噪，都慢慢地搁浅在蒹葭苍苍之中。

我在寻找着这世间的感动，我不舍得丢掉任何机会，我要真诚地谢谢，我爱着的人爱着我的人，我们都是擦肩而过的旅人。有多少人相遇了能相识，相识了又能相知，又能成为因诗牵线的挚友？虽大恩不言谢，但值此之际，还是要说声谢谢。《诗潮》主编刘川、《大庆日报》副主编红雪（秦斧晨），在百忙之中为我的诗集《漂灯》作序，令我受宠若惊；感谢画家高娜老师赐图；感谢赵国春、孙代君、李一泰、赵宝海、贾文华、高绪波等好哥哥好文友的鼓励和支持；感谢我的父母、妻子、儿女给予我的感动和支持。

我参差的诗行，越是受到很多文友的肯定和青睐，我的精神高地就越是葱郁，这种感情的共振和回音，汇成一条潺潺的溪流。我想，那是我们行走的方向一致，趣味相投。

本分为人，踏实做事，善意作诗，是我的写作原则。

我整理诗稿后，著名诗人陈树照慷慨赐诗集名称"漂灯"。是啊，我们每个人心里都亮着一盏灯，在心海里漂浮，并指引我们前进的方向。愿这一盏灯永远带我前行，也希望它能给您带去温暖和光明……

杜甫有言："语不惊人死不休！"以此作为自己写诗励志之句吧！同时，也将这句诗送给广大文友，以求共勉。

以此为跋。

宋海峰

2020 年 6 月 20 日晚于家中